OETINGER TASCHENBUCH

Ulrike Wronski lernte das Schreiben bei einer Lokalzeitung und in einer PR-Agentur. Inzwischen arbeitet sie als freie Redakteurin und Autorin in Berlin. Ihre Schulzeit in einer brandenburgischen Kleinstadt hat sie noch lebhaft in Erinnerung – genau wie ihre ersten Flirtversuche

Ulrike Wromski

Flirten für Anfänger

Oetinger Taschenbuch

MIX
Papier aus verantwortungsvollen Quellen
FSC® C014496

Sonderausgabe
1. Auflage 2018

Druck: GGP Media GmbH, Karl-Marx-Straße 24,
07381 Pößneck, Deutschland
ISBN 978-3-8415-0494-4

www.oetinger-taschenbuch.de

01

»DU HAST WAS VERLOREN.« Er hält mir das Lipgloss, das gerade aus meiner Jackentasche gefallen sein muss, vor die Nase und schenkt mir sein umwerfend schiefes Lächeln. Dabei zeigt er seine strahlend weißen Zähne, und auf seiner rechten Wange bildet sich ein tiefes Grübchen. Nur rechts, links nicht. Wann immer Niklas Wegener aus der 9b so lächelt, halten alle Mädchen unserer Schule vor Verzückung die Luft an. Zumindest die Mädchen der siebten und achten Klasse und wir aus der Neunten. Die Schülerinnen ab der Zehnten sind älter als er und deshalb wohl immun gegen seinen Charme. Meinen Geschmack trifft Niklas jedenfalls ganz genau: Er ist groß, mit breiten Schultern vom Schwimmtraining und Augen so blau wie das Wasser im Hallenbad.

Also, der Junge, an den ich so ziemlich jede Sekunde des Tages denke, spricht mich an und schenkt mir ein Lächeln! Und was mache ich? In meinen Tagträumen lächele ich perfekt geglosst zurück und sage etwas Smartes wie »Den habe ich nur fallen lassen, damit du mich ansprichst«. Doch in der Wirklichkeit ist mein Gesicht wie schockgefroren. Alles, was meine steifen Lippen und meine gelähmte Zunge zustande bringen, ist ein heiseres »Danke«. Dann schnappe ich mir das Lipgloss und drehe mich weg. Aus dem Augenwinkel sehe ich noch, wie Niklas eine Braue hochzieht.

Jette und Carla, die das ganze Drama live mitverfolgt haben, begleiten mich schweigend in die gegenüberliegende Ecke des Schulhofs.

Dort angekommen, packt mich Jette am Unterarm. »Sag mal, Anna, bist du total bescheuert?« Sie kneift ihre blauen Augen zusammen, und ihre rotblonden Haare leuchten gefährlich. »Seit Wochen überlegen wir, wie du Niklas anquatschen kannst! Jetzt bietet sich dir die perfekte Gelegenheit, und dir fällt nicht mehr ein als ein klägliches *Danke*?«

Ich bin zu geschockt, um darauf zu antworten. Was soll ich auch zu meiner Verteidigung sagen? Jette hat ja recht. Mehr hätte ich gar nicht falsch machen können. Niklas muss mich für eine komplette Idiotin oder eine arrogante Ziege halten. Keine Ahnung, was ich schlimmer finde. Ich habe meine so lang ersehnte Chance phänomenal vergeigt.

»Sie hatte doch gar keine Zeit, sich auf ein Gespräch mit Niklas vorzubereiten«, springt mir Carla zur Seite. »Das kam alles so plötzlich.«

»Plötzlich? Wir haben allein in der letzten Woche drei verschiedene Gespräche mit Niklas simuliert.« Jette stemmt eine Hand in ihre kräftige Hüfte und wedelt mit der anderen vor meinen Gesicht herum. »Anna, diese Situation hättest du im Schlaf meistern müssen!«

02

ICH STARRE NACH VORNE zu Elmar, aber vor meinem inneren Auge läuft die Horrorszene vom Schulhof in Endlosschleife. Abschalten ausgeschlossen. Während Elmar über die Antarktis referiert, sehe ich, wie Niklas mich anlächelt. Ich reiße ihm das Gloss aus der Hand, und ihm vergeht schlagartig das Lächeln.

»Das Abschmelzen der Polkappen zeigt, wie wir Menschen durch unser rücksichtsloses Handeln das Klima negativ beeinflussen«, sagt Elmar und verschränkt seine langen Arme vor seinem schwarzen XXL-Shirt.

Ich habe die Beziehung zwischen Niklas und mir auf Eis gelegt, bevor sie überhaupt beginnen konnte. Bis die globale Erwärmung dieses Eis zum Schmelzen bringt, habe ich wahrscheinlich schon das Abi in der Tasche. Warum bin ich nur so unfähig? Ein einfaches »Danke, Niklas, echt nett von dir!« hätte doch gereicht. Dazu ein Lächeln, und vielleicht hätte er sich dann sogar weiter mit mir unterhalten. Wenn ich richtig gut im Flirten wäre, hätte ich das Lipgloss direkt vor seinen Augen aufgetragen und gehaucht: »Danke, du hast mein Gloss gerettet. Dafür verdienst du einen Kuss.«

Okay, ich gebe zu, das wäre vielleicht etwas übertrieben gewesen. Aber hundertmal besser als das, was ich abgeliefert habe. Vermutlich bin ich Flirt-Legasthenikerin. So etwas ist mir nämlich nicht zum ersten Mal passiert. Immer, wenn ich einen Jungen süß finde, erstarre ich, unfähig, ihn anzusprechen oder auch nur anzulächeln. Mein Verstand und mein Sprachzentrum sind von einer Sekunde auf die andere gelähmt.

Jettes kraftvolle Stimme holt mich ins Klassenzimmer zurück. »Die Präsentation war lahm, Elmar! Das Schmelzen der Polkappen hättest du dramatischer inszenieren sollen, zum Beispiel mit einem Film von YouTube. Fotos sind langweilig, da fehlt jede Action.«

»Danke, Jette«, unterbricht Frau Meier. Ihre rechte Augenbraue wandert gefährlich weit nach oben. »Wir müssen anscheinend noch mal darüber sprechen, wie man konstruktiv Feedback gibt.« Sie lässt ihren Blick durch die Klasse schweifen. »Wer möchte etwas zum Inhalt von Elmars Vortrag sagen?«

Typisch Jette! Für ihre Verhältnisse ist das Feedback noch harmlos ausgefallen. Dass ihre Zunge irgendwann mal einfriert, kann ich mir wirklich nicht vorstellen. Ich kenne Jette seit unserem ersten Schultag auf dem Gymnasium. Seitdem sitzen wir nebeneinander. Mit ihrer direkten Art stößt Jette andere oft vor den Kopf, auch bei Carla und mir macht sie keine Ausnahme. Aber genau deshalb mag ich sie so! Wenn ich eine ehrliche Meinung brauche, frage ich Jette.

Carla ist viel zu lieb, um Jette oder mir schonungslos die Wahrheit zu sagen. Dafür kann sie super zuhören, trösten und all das, wofür Jette meistens zu unsensibel ist. In der Klasse sitzt sie direkt vor mir. Ihre langen, glatten Haare in unauffälligem Dunkelblond reichen ihr bis knapp über die Schultern.

Nach dem Pausenklingeln dreht Carla sich zu Jette und mir um und flüstert: »Wir sollten irgendwo in Ruhe überlegen, wie es weitergeht.«

Jette rollt mit den Augen. »Wie soll es schon weitergehen? Anna, an deiner Stelle würde ich Niklas abhaken und mir einen neuen Schwarm suchen.«

»Nicht so laut!«, zische ich. Es muss ja echt nicht jeder wissen, dass ich auf Niklas stehe.

Ich blicke mich vorsichtig um. Die Tische vor uns sind schon fast leer, alle wollen so schnell wie möglich in die Sonne. Niemand beachtet uns.

»Hey, Mädels, was habt ihr denn für Geheimnisse?«

Ich zucke zusammen. Finn steht vor mir und grinst breit. Seine Arme, an denen er mehrere Lederbänder trägt, hat er vor der Brust verschränkt.

Wo kommt der denn auf einmal her? Und was hat er gehört?

»Als würden wir dir unsere Geheimnisse anvertrauen«, fahre ich ihn an.

Da dachte ich schon, der Tag könnte nicht schlimmer werden. Falsch gedacht! Auf Finn ist Verlass, wenn es darum geht, meine Laune vom Keller noch eine Etage tiefer zu befördern. Wir kennen uns schon ewig. Unsere Eltern sind gut befreundet, und das heißt, wir laufen uns auch außerhalb der Schule ständig über den Weg. Grillabend, Familienausflug, Geburtstagsfeier – Familie Jankowiak ist immer dabei.

»Easy, Annabelle! Ich komme in Frieden.« Beschwichtigend hebt Finn seine Hände, so als würde ich ihn mit einer Waffe bedrohen. Doch seine grünen Augen, die halb unter seinen halblangen blonden Locken hervorlugen, blitzen spöttisch.

Dazu noch »Annabelle«! Friedlicher werde ich dadurch garantiert nicht. Ich heiße zwar so, und »Belle« bedeutet »die Schöne«, doch ich finde meinen Namen überhaupt nicht schön, sondern furchtbar altmodisch. Wer heißt denn bitte Annabelle? Deshalb habe ich mich überall nur als Anna vorgestellt, als ich aufs Gymnasium gewechselt bin. Finn macht sich einen Spaß daraus, mich bei meinem vollen Namen zu nennen. Doch ich werde mich hüten, mir anmerken zu lassen, wie sehr mir das auf den Keks geht.

»Was willst du, Finn?«, frage ich genervt.

Er lächelt weiter, unbeeindruckt von meiner Laune. »Euch dreien mitteilen, wann meine Geburtstagsparty steigt. Übernächsten Samstag, 15 Uhr, bei mir zu Hause. Badesachen nicht vergessen!«

Das ist mal wieder typisch. Finn lädt uns nicht etwa ein, sondern teilt uns mit, wann wir wo zu sein haben.

Aber ohne mich. »Ich weiß noch nicht …«

»Super, wir sind dabei!«, fällt mir Jette ins Wort.

Auch Carla ist keine große Hilfe. »Cool. Grillen wir bei euch im Garten?«

»Genau, das ist der Plan. Schönen Nachmittag euch dreien!« Finn zwinkert uns zu, wirft sich seine mit irgendwelchen Musikernamen bekritzelte Umhängetasche über den Rücken, und weg ist er.

Carla, die Streit nicht ertragen kann, guckt mich vorwurfsvoll an. »Warum bist du so unfreundlich zu Finn?«

»Weil er sich aufführt, als könnte er über mich bestimmen. Neulich, als unsere Familys in seinem Garten angegrillt haben, hat er mir einfach den Teller vollgepackt, ohne mich zu fragen, was ich möchte. So was macht der laufend! Sobald er sechzehn ist, wird er bestimmt noch unerträglicher.«

Und ständig hat er irgendein Mädel am Start. Einen Tag hängt er mit Marlene aus der 9b auf dem Schulhof ab, am nächsten Tag lädt er Lea aus unserer Klasse zum Eis ein. Mir ist völlig egal, mit wem Finn seine Zeit verbringt, aber diese Casanova-Nummer geht mir echt auf den Geist. Dass sich die Mädchen nicht zu schade sind, nur eine unter vielen zu sein! Doch das sage ich lieber nicht laut, sonst heißt es nachher noch, ich sei nur neidisch, weil ich selbst beziehungstechnisch nichts auf die Reihe kriege.

»Er ist eben ein Gentleman, der den Frauen die Wünsche von den Augen abliest«, meint Carla kichernd.

»Ich will nicht weiter über Finn sprechen, okay? Das ertrage ich heute nicht.« Ich hänge mir den Henkel meiner Tasche über die Schulter und gehe zur Tür.

Jette eilt mir hinterher. »Dann reden wir über Niklas, den anderen Typen, mit dem du nicht umgehen kannst.«

Manchmal möchte ich Jette kräftig schütteln. Aber das würde nichts ändern. Also atme ich tief ein und sage: »Ihr könnt mit zu mir kommen. Manon macht heute Crêpes.«

Jette schmatzt genüsslich, und Carla reibt sich den Bauch. Das Essen in der Schulkantine kann wirklich nicht mit Manons Kochkünsten mithalten.

03

ZEHN MINUTEN SPÄTER stehen wir vor unserem Gartentor. Meine Familie wohnt vier Straßen von der Schule entfernt, und während Jette und Carla beide mit der Straßenbahn fahren müssen, kann ich laufen. Deshalb sind wir sowieso meistens bei mir zu Hause, wenn wir nach Schulschluss zusammen abhängen. Und weil meine Eltern lange arbeiten und wir nachmittags unsere Ruhe haben.

Ich stoße das weiße Gartentor auf, und wir betreten den Weg aus grauen Steinplatten, der zu unserem Haus führt. Vor der Tür steht ein Paketbote mit einer großen Lieferung für meine Eltern. Er balanciert das Paket in der einen Hand und wischt sich mit einem Taschentuch in der anderen Hand den Schweiß von der Stirn. Dann steckt er sein Hemd ordentlich in die Hose, bevor er auf den Klingelknopf drückt.

Ich lotse Carla und Jette hinter den Fliederbusch am Zaun. Die lila Blütenpracht bietet uns ausreichend Deckung. »Ich will sehen, wie sie diesen armen Trottel um den Finger wickelt«, flüstere ich.

Meine Eltern sind beide Kieferorthopäden. Ihre Praxis liegt im Erdgeschoss unseres Hauses. Weil sie im Fachhandel für

Medizingedöns ständig Spritzen, Drähte und andere Folterinstrumente bestellen, gehen die Paketboten bei uns ein und aus. Wahrscheinlich ist unser Haus der beliebteste Stopp auf ihrer Route, denn meistens nimmt Manon die Lieferungen entgegen. Manon ist unser französisches Au-pair. Mein Bruder Anton ist erst fünf, und weil meine Eltern beide viel arbeiten, wohnt sie bei uns.

Manon öffnet die Tür. Sie trägt ein kurzes rotes Sommerkleid mit tiefem Ausschnitt, ihr perfekt frisierter brauner Bob wippt schwungvoll. Als sie den Boten sieht, lächelt sie breit, legt den Kopf schief und gurrt: »Ah le voilà, mein Liebling unter den Paketboten! Sie waren lange nicht hier. Ich dachte schon, Sie kommen mich gar nicht mehr besuchen.«

Soweit ich beobachtet habe, ist immer der Paketbote, der gerade vor der Tür steht, Manons Liebling.

Der Lieblingspaketbote des heutigen Tages macht sich noch größer und balanciert die riesige Box ganz lässig mit der linken Hand. »Wenn ich die Fahrtrouten festlegen könnte, würde ich jeden Tag bei Ihnen vorbeischauen – ob Sie etwas bestellt haben oder nicht.«

»Sorgen Sie sich nicht, ich würde kaufen so viel online, dass Sie kommen müssten mehrmals täglich.« Manons Lächeln wird noch breiter, und die kleine Lücke zwischen ihren Schneidezähnen blitzt auf. Langsam fährt sie sich mit ihren Fingern durch die Haare und blickt ihn von unten durch ihre dichten Wimpern an. »Können Sie das Paket in den Flur stellen? Ich denke, es ist zu schwer für mich.«

Das lässt sich der Postmann nicht zweimal sagen. Schnurstracks folgt er Manon in den Flur.

Wir verlassen unsere Deckung und schlüpfen hinter ihm ins Haus. Drinnen kritzelt Manon ihre Unterschrift in das Lesegerät des Lieferanten. Er sieht dabei so glücklich aus, als würde sie ihm ihre Telefonnummer aufschreiben. Dann fällt ihm nichts mehr ein, womit er seinen Abgang hinauszögern könnte, und er trollt sich.

»Mes filles! Schön, dass ihr seid da«, ruft Manon. Sie umarmt uns nacheinander und drückt jedem von uns zwei Küsse auf die Wangen, erst links, dann rechts. Bei der großen Carla muss sie sich ein bisschen nach oben strecken. »Die Crêpes sind fertig in eine halbe Stunde. Setzt euch doch solange auf die Terrasse.«

Missmutig stoße ich die Hollywoodschaukel mit meinem Fuß vom Boden ab. Ich sitze in der Mitte und bin deshalb fürs Anschieben zuständig. Jette und Carla lassen sich neben mir zurückfallen, jede ein Glas mit Apfelschorle in der Hand. Wir sind dankbar für die Markise, die uns Schatten spendet. Die Schaukel quietscht leise. Anton flitzt mit Batman-Maske, schwarzem Cape und Besen durch den Garten und jagt hinter unsichtbaren Gangstern her, die die Sicherheit von Gotham City bedrohen.

Irgendwie fällt uns nichts mehr ein. In den vergangenen Wochen haben wir uns die Köpfe qualmig gequatscht darüber, wie ich Niklas auf mich aufmerksam machen oder ihn ansprechen könnte. Aber dass ich nicht mal in der Lage bin, ihm zu antworten, wenn er mich anspricht, lässt uns alle ratlos zurück.

In meinen Tagträumen kann ich immer ganz wunderbar

mit Niklas reden. Wie zwei verwandte Seelen plaudern wir miteinander, ohne dass uns die Themen ausgehen. Was mich an ihm fasziniert, ist seine ruhige Art. Niklas ist nicht der Typ, der sich in den Vordergrund spielt. Er hat es gar nicht nötig, sich ständig mit den anderen zu messen, um herauszufinden, wer cooler, stärker oder witziger ist, auch weil er einen halben Kopf größer ist als die meisten Jungs und mit seinen breiten Schultern viel kräftiger als sie. Ich habe mir immer vorgestellt, dass sich ein Gespräch mit ihm ganz von alleine ergibt, wenn ich erst einmal die Gelegenheit dazu habe.

Tja, da lag ich wohl daneben!

Keine Ahnung, wie es jetzt weitergehen soll. Auch wenn sich Carla und Jette wirklich alle Mühe geben, mir zu helfen, haben sie beide auch keine Erfahrung auf diesem Gebiet. Carla ist genauso schüchtern wie ich, und auch die vorlaute Jette hatte noch nie einen Freund. Ich vermute, dass sie den meisten Jungs zu direkt ist.

Manon ist auch direkt, wenn sie mit Männern spricht, aber irgendwie anders direkt. Plötzlich durchzuckt mich eine Idee, und ich haue mir gedanklich mit der flachen Hand an die Stirn. Dass ich da nicht früher draufgekommen bin!

Ich springe von der Schaukel.

Carla greift erschrocken nach der Armlehne.

Jette schüttet sich fast die Apfelschorle übers Shirt.

Beide schauen mich mit großen Augen an.

»Mädels, ich weiß, was wir machen!«, verkünde ich.

04

»ICH WILL NOCH EINE mit Apfelmus!«, kräht mein Bruder. Dabei hat er schon vier Crêpes verdrückt. Wenn es zum Mittag Süßkram gibt, kann Anton kein Ende finden. Später liegt er bestimmt wieder jammernd auf der Couch, aber das ist dann ja Manons Problem.

Manon steht mit Mamas blau-lila karierter Schürze am Herd und gießt eine Portion Teig in die Pfanne. Kochen kann sie. Ich hege ja den Verdacht, dass meine Eltern sich ganz bewusst ein französisches Au-pair ausgesucht haben – nicht etwa wegen der Sprache, sondern wegen der Vorliebe für gutes Essen, die man den Franzosen nachsagt. Soll mir recht sein, denn mit den Kochkünsten meiner Eltern ist es nicht weit her, und auch ich selbst habe nicht die geringste Lust, kochen zu lernen.

Jette und ich haben nach der dritten Crêpe aufgehört, Carla haut sich gerade Nummer vier rein. Keine Ahnung, wo die das immer lässt. Unter ihren weiten Jeans und dem locker sitzenden T-Shirt verbirgt sich eine Modelfigur, bei der Heidi Klum ins Schwärmen geraten würde. Zugegeben, sie trainiert zweimal in der Woche im Schwimmverein und fährt mit ihrem Vater am Wochenende Rennrad. Herr Hoffmann ist Sportlehrer an unserer Schule, und er hat Carla wahrscheinlich schon das Kraulen beigebracht, als sie noch gar nicht laufen konnte.

Ich hingegen bin eine echte Bewegungsanalphabetin. Wenn ich mal Fahrrad fahre, haue ich mir immer die Beine an den Pedalen blau. Beim Volleyball gehen meine Mitspieler in Deckung, sobald ich in die Nähe des Balles komme. Am schlimmsten aber ist es beim Schwimmen. Irgendwie gelingt es mir nicht, mit dem Kopf über Wasser zu bleiben, Beine und Arme zu koordinieren und dabei auch noch entspannt zu atmen. Da kann Carla noch so viel mit mir im Freibad üben, mehr als das Seepferdchen werde ich nie schaffen. Beim Schulschwimmen ist das zwar peinlich, aber von meinen nicht vorhandenen Schwimmkünsten hängt zumindest nicht mein künftiges Lebensglück ab.

Ganz anders sieht das mit meiner Unfähigkeit aus, einen geraden Satz zu formulieren, sobald ein interessanter Typ vor mir steht. Wenn ich mich weiterhin in einer solchen Situation so komplett zum Deppen mache, werde ich nie einen Freund abbekommen. Ich werde mein Leben lang allein bleiben und so enden wie meine Großtante Greta, die niemanden hat außer ihren Freundinnen vom Canasta-Club und ihrem Chihuahua. Eine furchtbare Vorstellung.

Gegen meine Flirt-Legasthenie muss ich also unbedingt ankämpfen! Noch viel härter als gegen meine Schwimmschwäche.

»Ich mag nicht mehr. Darf ich aufstehen?«, fragt Anton und rührt mit seiner Gabel in dem Rest Apfelmus auf seinem Teller.

»Natürlich, mon chéri«, sagt Manon. »Schau doch mal nach, ob Joker wieder sein Unwesen im Garten treibt.«

Strahlend springt Anton vom Tisch auf. Er vergöttert Manon, so wie der Paketbote und der Supermarktkassierer und alle anderen Männer, denen sie begegnet. Keine Ahnung, wie sie das macht, aber Manon verdreht ihnen allen den Kopf. Wie gern würde ich hinter ihr Geheimnis kommen!

Durch das Küchenfenster sehe ich, wie Anton im Laufen sein Batman-Cape zuknöpft. Das ist der Moment, auf den wir gewartet haben.

Jette und Carla werfen mir einen verschwörerischen Blick zu. Unauffällig nicke ich ihnen zu und nehme meinen ganzen Mut zusammen. »Manon, wir müssen mal mit dir reden«, beginne ich, und dann sprudelt die ganze Niklas-Geschichte aus mir heraus. Ich erzähle, wie lange ich schon in ihn verliebt bin und dass ich leider noch nie ein Wort mit ihm gewechselt habe. »Bis heute«, sage ich und hole tief Luft. »Heute ist mir mein Lipgloss runtergefallen, und Niklas hat es aufgehoben. Das wäre der perfekte Augenblick gewesen, um ihn anzusprechen, aber mir ist nichts eingefallen, was ich hätte sagen können, und dabei haben wir die Situation schon so oft – «

»Was Anna meint, ist«, fällt Jette mir ins Wort, »dass sie dringend Unterricht bei einem Flirtprofi braucht, nämlich bei dir!«

»Genau genommen wir alle«, ergänzt Carla.

Während unseres Redeschwalls hat Manon damit begonnen, den Tisch abzuräumen. Jetzt hält sie inne, stellt die Teller ab und blickt uns mit großen Augen an: »Ich soll euch beibringen das Flirten? Wie kommt ihr denn auf die Idee?«

»Du als Französin hast das Flirten doch im Blut«, antworte ich von meinem Platz am Esstisch aus. »Du bist aus Paris, der Stadt der Liebe …«

»Denkt ihr etwa, dass wir in Paris von morgens bis abends nur flirten?«, fragt Manon ungläubig und steckt unsere Teller zu den anderen in die Maschine.

»Genau so stellen wir uns das vor!«, ruft Jette. Sie springt auf, dreht sich einmal um die eigene Achse und presst sich die Hände aufs Herz. »Im Straßencafé, an der Ampel, beim Einkaufen – überall atmet ihr l'amour.«

Neben mir kichert Carla.

Ich versuche, das Gespräch aus der Welt der Klischees auf den Boden der Tatsachen zurückzuholen. »Dass die Männer dir alle zu Füßen liegen, spricht doch Bände! Der Kita-Erzieher ist tief enttäuscht, wenn ausnahmsweise mal ich Anton abhole.«

»Oh … wirklich?« Manon lächelt verzückt. Dann guckt sie wieder ernst. »Aber das heißt noch lange nicht, dass ich kann Flirten unterrichten.«

»Ach bitte, Manon! Du bist meine letzte Hoffnung«, flehe ich sie an. »Ohne deine Hilfe kriege ich nie einen Freund!«

»Genau! Du wärst verzweifelt, wenn du gesehen hättest, wie dämlich sich Anna heute angestellt hat.«

Schönen Dank auch, Jette!

»Deine Eltern haben mich nicht hierhergeholt, damit ich dir zeige, wie du machst Jungs schöne Augen«, erwidert Manon und schaltet die Spülmaschine ein.

»Aber zu deinen Aufgaben als Au-pair gehört doch, mir beim Erwachsenwerden zu helfen.«

Manon verschränkt die Arme vor der Brust. »Auf einmal bin ich auch dein Au-pair? Sonst sagst du immer, dass ich nur hier bin wegen Anton.«

Ich seufze. »Ja, wenn es darum geht, den Babysitter zu spielen.«

Jette springt ein. »Du hättest auch was davon, Manon. Du willst doch Lehrerin werden. An uns kannst du üben.«

Mit gerunzelter Stirn mustert Manon erst Jette, dann Carla. »Warum wollt ihr zwei eigentlich flirten lernen? Seid ihr auch verliebt?«

Jette zuckt mit den Schultern. »Verliebt bin ich nicht, aber wenn ein toller Typ auftaucht, will ich das Richtige sagen. Manchmal funkt mir meine große Klappe dazwischen.«

Verblüfft gucke ich Jette an. So viel Selbsterkenntnis hätte ich ihr gar nicht zugetraut.

»Ich habe auch keinen bestimmten Jungen im Auge«, sagt Carla zögernd. »Aber wenn mir einer gefällt, traue ich mich nicht, ihn anzusprechen. Das möchte ich gern lernen.«

Manon nickt verständnisvoll, während sie sich wieder zu uns an den Tisch setzt. »Wenn ich euch helfe und Annas Eltern decken uns auf, kriege ich den Ärger.«

Innerlich klatsche ich mit den Mädels ab. Wir haben sie fast.

»Wir sagen einfach, dass du uns Französischnachhilfe gibst«, beruhigt Jette sie. »Dagegen haben sie bestimmt nichts.«

»Und Anton? Was machen wir mit ihm?«

Diese Frage haben wir kommen sehen. Wie aus der Pistole geschossen antworte ich: »Es geht doch nur um ein bis zwei Unterrichtsstunden pro Woche. Anton kann sich selbst beschäftigen, so wie jetzt, oder wir bringen ihn zum Spielen zu Janosch.«

Manon grübelt, aber ihr scheinen die Gegenargumente ausgegangen zu sein. »D'accord, wir versuchen es.«

»Yes!« Ich hüpfe vor Freude in die Luft.

Jette und Carla jubeln.

»Unter eine Bedingung …« Wir verstummen. »Wir machen Flirtkurs und Französischunterricht abwechselnd.«

Uff, damit haben wir nicht gerechnet! Aber was soll's. Wenn das der Preis ist, den wir für Tipps vom Flirtprofi zahlen müssen, dann her mit den Vokabeln.

»Abgemacht!« Ich halte Manon die rechte Hand hin, bevor sie es sich anders überlegt.

Sie schlägt ein.

»Wann geht's los?«

»Übermorgen.«

Jubel.

Manon klatscht in die Hände, um sich Gehör zu verschaffen. »Mir kommt eine Idee. Ich glaube, ich habe schon die erste Hausaufgabe für euch.«

Jetzt bin ich gespannt. Sollen wir vor dem Spiegel einen verführerischen Augenaufschlag üben oder unseren Gang für den Catwalk trainieren?

»Stellt euch vor eine große Spiegel …«

Hah!

»… und schreibt auf, was ihr gernhabt an eurem Aussehen und was nicht.«

Oh!

»Teil zwei von die Aufgabe: Jede von euch überlegt, was

ihr an den anderen besonders gut gefällt und was sich noch lässt verbessern.«

Wir gucken uns mit großen Augen an.

Manon hebt den Zeigefinger. »Das macht aber jede für sich alleine. Und nicht vergleichen die Ergebnisse!«

Ehrfürchtig nicken wir.

Plötzlich steht Anton in der Küchentür, hält sich den Bauch und wimmert: »Mir ist schlecht.«

»Oh, mon Dieu!« Manon eilt zu ihm.

05

ANTON SITZT mir am Küchentisch gegenüber und schielt auf meine Leberwurststulle, während er missmutig an seinem Zwieback knabbert. Es geht ihm schon besser als am Nachmittag, aber Mama bleibt hart. Ich glaube, er soll etwas fürs Leben lernen. Die Lektion lautet: Wenn du dich mittags überfrisst, guckst du abends beim Essen zu.

Mama streichelt Anton über den Kopf, der genauso blond ist wie ihr eigener, und dreht sich zu mir. »Und, wie war dein Tag, mein Keks?«

Ihr Timing ist wieder mal grandios. Small Talk über den miesesten Tag meines Lebens – das hat mir gerade noch gefehlt! Ich versuche, sie mit einem nichtssagenden Grunzen zufriedenzustellen. Ohne Erfolg.

»Ist irgendetwas Aufregendes passiert?«, fragt sie und schiebt dabei ihre randlose Brille nach oben, als könnte sie so besser in mein Innerstes schauen.

»Nein.«

»Ist irgendetwas weniger Aufregendes passiert?«

»Nein.« Ich beiße in meine Stulle, um nichts mehr sagen zu müssen.

Mama nimmt einen Schluck von ihrem Tomatensaft und fragt dann in aller Seelenruhe: »Bist du verliebt?«

Vor Schreck verschlucke ich mich an meiner Stulle und fange an zu husten.

Papa legt die Gabel, mit der er sich gerade eine Gewürzgurke aus dem Glas angeln wollte, auf den Teller. »Mensch, Claudia! Nun lass doch mal das Kind in Ruhe essen. Wenn Annabelle was zu erzählen hat, dann wird sie das schon machen.«

Dankbar lächele ich Papa an. Er redet zwar nur halb so viel wie Mama, aber dafür haben seine Worte mehr Gewicht. Ich ähnele ihm nicht nur äußerlich – wir haben beide braune Haare und braune Augen –, er versteht mich meistens auch, ohne dass ich ihm groß was erklären muss.

Beleidigt verzieht Mama das Gesicht.

Um die Wogen zu glätten, wechsle ich das Thema. »Manon gibt Carla, Jette und mir Französischnachhilfe.«

Mit großen Augen schauen meine Eltern zu Manon hinüber.

»Sehr gut!«, meint Papa und beißt in eine Gurke.

»Aber du wolltest doch nicht«, wirft Mama ein.

Bei ihrer Einstellung hatte Manon darauf bestanden, mit uns nur Deutsch zu sprechen. Sie fürchtete, dass sie ihre Sprachkenntnisse sonst nicht genügend verbessern würde.

Manon nimmt sich noch eine Scheibe von dem Weißbrot, das extra für sie auf dem Tisch steht. »Oui! Die drei haben vorhin zusammen Hausaufgaben gemacht, und mir haben sich gekräuselt die Nackenhaare.«

Ich funkele Manon böse an. So schlimm ist mein Französisch nun auch wieder nicht! Aber gut, wenn es unsere Story glaubwürdiger macht.

»Wir sprechen nur in den Nachhilfestunden Französisch«, beeile ich mich zu sagen. Die beiden sollen gar nicht erst auf irgendwelche Ideen kommen.

»Ich will auch Französisch lernen!«, kräht Anton.

Und ich will flirten lernen, und wenn du mir das vermasselst, du Zwerg, dann kannst du was erleben!

Eine halbe Stunde später stehe ich vor meinem verspiegelten Kleiderschrank und kann nichts Besonderes an mir entdecken. Aus dem Spiegel starrt mich ein Mädchen mit dunkelgrauer Jeans und hellgrauem Sweatshirt an.

Was mag ich an mir? Keine Ahnung! Alles an mir ist nullachtfünfzehn. Kein Wunder, dass ich Niklas nicht auffalle, wo es doch viel schönere Mädels auf unserer Schule gibt. Mit meinen 1,65 Meter bin ich mittelgroß. Ich bin nicht superschlank wie Carla, aber habe auch keine rundliche Figur wie Jette, sondern liege irgendwo dazwischen. Meine Haare sind langweilig: mittelbraun und glatt. Meistens binde ich sie zu einem Zopf hoch, der wohl durchschnittlichsten Frisur des Universums. Meine Augen sind wie die der meisten Menschen braun, auch dort also nichts Spezielles. Der Rest meines Gesichts ist ganz okay, keine großen Ausreißer. Schön, wie mein Name vermuten lässt, bin ich sicher nicht. Hübsch würde ich an einem guten Tag gerade noch so durchgehen lassen.

Ich grinse mein Spiegelbild schief an, und mein Blick bleibt an meinem Mund hängen. Da habe ich doch die Antwort auf Manons Frage. Meine Zähne sind der Körperteil, der mir ohne Einschränkungen gefällt. Danke, Gemeinschaftspraxis

Richter! Auch wenn ich die von euch verordnete Zahnspange nicht gerne getragen habe, muss ich doch zugeben, dass sie einen super Job gemacht hat. Meine Zähne stehen ordentlich nebeneinander, keiner tanzt aus der Reihe. Weiß sind sie auch – nicht verwunderlich, wenn man bedenkt, welchem Pflegedrill ich unterworfen bin, seit ich Zähne habe: Ständig muss ich sie putzen, mindestens drei Mal am Tag, abends Zahnseide verwenden und unterwegs nach dem Essen zuckerfreie Kaugummis einschieben. Bei Müdigkeit die Bürste ausnahmsweise nur mal kurz in den Mund stecken? Eine solche Nachlässigkeit wird in meiner Familie nicht geduldet.

Ich schnappe mir das linierte Schulheft, auf das ich vorhin in meiner besten Handschrift »Nachhilfe Französisch« geschrieben habe. In diesem Haus muss man seine Geheimnisse gut schützen. Ein Heft mit dem Titel »Flirtkurs« würde Mama schneller aufschlagen, als ich »Privatsphäre« rufen könnte. Auf der ersten Seite notiere ich:

HAUSAUFGABE

Aussehen Anna Richter:
Pluspunkte: weiße, gerade Zähne,
übriges Gesicht und Figur okay
Minuspunkte: Augen- und Haarfarbe langweilig,
alles irgendwie durchschnittlich

So, jetzt sind Carla und Jette an der Reihe. Ich suche auf meinem Handy nach Fotos von den beiden. Dann finde ich eins, auf dem Jette breit grinsend ihren rechten Mittelfinger in die Kamera hält. Typisch, immer für eine Provokation zu haben.

Carla hingegen lässt sich nicht gern fotografieren. Das Foto, das sie bei WhatsApp als Profilbild verwendet, habe ich von ihr gemacht, als sie gerade vor sich hin träumte.

Das Aussehen meiner Freundinnen zu beurteilen, ist definitiv der leichtere Teil der Übung. Mir fallen jede Menge Sachen ein, die ich an ihnen mag.

06

ALS ES ZUM ENDE der Deutsch-Doppelstunde klingelt, atme ich erleichtert auf. Wurde ja auch Zeit! Ich schnappe meine Tasche und gehe so schnell zur Turnhalle, dass Jette und Carla kaum folgen können. Es regnet heute schon den ganzen Tag vor sich hin, aber ich mache mir gar nicht erst die Mühe, meinen Schirm aufzuspannen. Sportunterricht ist für mich die reinste Folter, und doch kann ich es nicht abwarten, bis wir mittwochs endlich in unsere muffige Turnhalle dürfen, denn das heißt: neunzig Minuten mit Niklas! Die Sportstunden haben wir nämlich gemeinsam mit der 9b.

Eigentlich stünde heute Leichtathletik auf dem Programm, aber wegen des schlechten Wetters dürfen wir drinnen bleiben. In der Umkleide schlüpfe ich in meine schwarzen Leggings und mein liebstes Sportshirt, ein enges pinkfarbenes Top, das mir knapp über den Po reicht. Schuhe an, Zopf festziehen, und los geht's.

Verstohlen schaue ich mich in der Halle um, während ich zur Bankreihe an der Seite gehe. Niklas lehnt lässig mit Tom am Fenster und lacht. Auf seiner rechten Wange erscheint dabei das unwiderstehliche Grübchen. Er sieht mich nicht.

Ich setze mich auf die Bank und überlege, wie ich Niklas auf mich aufmerksam machen könnte. Sportunterricht an sich ist für mich schon eine Herausforderung. Wenn ich nebenbei noch versuche, einem Typen zu gefallen, erfordert das höchste Konzentration – und einen gnädigen Lehrer, der das Programm für die Sportstunde so gestaltet, dass ich mich nicht ganz so heftig blamiere.

Carla kommt in ihren atmungsaktiven Laufklamotten aus der Umkleide gejoggt und setzt sich neben mich.

»Weißt du, was dein Vater heute mit uns vorhat?«, frage ich sie. Normalerweise haben wir Sport bei Frau Gründler, aber die hat irgendwas mit dem Rücken. Herr Hoffmann, der sonst die Oberstufe unterrichtet, springt für sie ein.

»Wir spielen Völkerball.«

Ich stöhne auf. Es gibt nichts Schlimmeres für mich als Völkerball. Okay, Schwimmunterricht vielleicht. Wenn man beim Völkerball nicht total versagen will, muss man gut werfen und fangen können, schnell laufen und dem Ball ausweichen. Ich bringe nichts davon zustande. Und jeder hier weiß das.

Carlas Vater steckt Daumen und Zeigefinger in den Mund und schickt einen kurzen, lauten Pfiff durch die Turnhalle. Das Gemurmel verstummt. Mit seinen grauen Augen, die ich von Carla so gut kenne, blickt Herr Hoffmann die Bankreihe hoch und runter. »Also gut, Leute!«, ruft er. »Bringen wir eure müden Computerspielerhintern mal ein bisschen in Bewegung. Wir beginnen mit einer Partie Völkerball. Finn und Niklas, ihr wählt die Mannschaften.«

Vielen Dank, Herr Hoffmann! Sie haben sich heute nicht

nur für das furchtbarste Spiel entschieden, das der Gott des Schulsports erschaffen hat, sondern auch noch dafür gesorgt, dass mich Niklas gleich demütigen wird. Sein Blick wird über die auf der Bank aufgereihten Mitschüler gleiten, und Finn und er werden sich zuerst die Sportasse aussuchen. Sie werden sich um diejenigen reißen, die blitzschnell Bälle abfeuern und sich selbst so flink wegdrehen, dass sie kaum zu treffen sind. Carla gehört dazu. Dann werden Niklas und Finn die halbwegs Sportlichen unter sich aufteilen. Die Unsportlichen werden den Teams zuletzt zugeordnet, und weil ich unter den Unsportlichen der zweitschlechteste Kandidat bin – nur Basti ist schlimmer –, werde ich bis zum Schluss auf der Bank sitzen.

Ich überlege, ob ich vor Gericht ziehen sollte. Diese Art der Teamzusammenstellung gehört verboten. Unser Grundgesetz sagt was von der unantastbaren Würde des Menschen. Durch ein solches Auswahlverfahren fühle ich meine Würde jedoch massiv angetastet. Aber so ein Gerichtsprozess dauert. Sollte ich gewinnen, hätten nur nachfolgende Schülergenerationen etwas davon. Ich selbst wäre dann längst nicht mehr hier.

Bleibt mir also nichts anderes übrig, als die unwürdige Wahlprozedur über mich ergehen zu lassen. Ich stütze meine Ellbogen auf die Oberschenkel, lege das Kinn in die Hände und versuche, möglichst unbeteiligt zu gucken.

Niklas und Finn gehen nach vorn und stellen sich neben Herrn Hoffmann. Finn ist ein Stück kleiner und schmaler als Niklas, dafür aber wendiger. Beim Völkerball gehört er zu den besten Spielern. Er trägt wie immer ein Shirt mit dem Namen einer Band. Dieses Mal ist es ein schwarzes von

Deichkind. Über Niklas' breiter Brust prangt das Logo seines Schwimmvereins.

»Tom«, ruft Niklas seinen besten Kumpel auf. Der ist praktischerweise Leichtathlet, Spezialgebiet Speerwurf.

»Adrian.« Finn wählt ebenfalls ein Sportass in seine Mannschaft. Adrian fängt jeden Ball.

»Leon.«

»Benjamin.«

»Carla.«

Carla steht auf und geht hinüber zu Niklas.

Sehnsüchtig schaue ich ihr hinterher. Wie gerne wäre ich an ihrer Stelle.

Ich setze mich gerade hin und versuche mich in einem Lächeln. Wer wählt schon jemanden in seine Mannschaft, der wie ein Schluck Wasser auf der Bank hängt?!

Niklas streckt Carla die Hand zum Abklatschen entgegen, und sie schlägt grinsend ein. Gemeinsames Schwimmtraining verbindet.

»Annabelle, brauchst du eine Extraeinladung?«

Ich zucke zusammen und gucke mich um.

Finn steht zwei Schritte vor mir und winkt mir zu. »Also gut, hier kommt die Extraeinladung: Annabelle, erweist du mir die Ehre und kommst in mein Team?« Er grinst spöttisch.

Alle starren mich an.

Ich stehe auf und gehe zu Finn und seiner noch sehr kleinen Mannschaft. »Bist du verrückt? Wieso wählst du mich, wenn auf der Bank noch jede Menge brauchbare Spieler sitzen?«

»Ich wollte sichergehen, dass du in meinem Team landest,

damit ich auf dich aufpassen kann.« Wieder dieses freche Grinsen.

»Danke, aber ich kann bestens alleine auf mich aufpassen.«

»Sicher.« Finn wendet sich ab, um den nächsten Spieler zu wählen.

Was bildet der sich eigentlich ein? Auf mich aufpassen – wozu das denn? Am liebsten würde ich die Teammitgliedschaft kündigen und mich wieder auf die Bank setzen. Wie soll ich mich über meine frühzeitige Ernennung freuen, wenn der Teamchef mich nur gewählt hat, um den Bodyguard zu spielen? So ein arroganter Arsch!

Während Finn und Niklas weiter Schüler in ihre Teams holen, wandert mein Blick, wie von einem unsichtbaren Magneten angezogen, zum gegnerischen Spielfeld.

Niklas steht mit dem Rücken zu mir. Wie gern würde ich mit meinen Fingern über seine raspelkurzen Nackenhaare streichen. Doch jetzt ist nicht die Zeit für Tagträume!

Als die beiden Teams vollzählig sind, verlost Herr Hoffmann den Ball. Team Niklas gewinnt.

Anpfiff.

Schon saust der Ball wenige Millimeter an meinem rechten Ohr vorbei. Als würde das noch irgendwas nützen, weiche ich nach links aus und ramme Elmar dabei meinen Ellbogen in den Bauch. Elmar stöhnt auf. Ich will ihn fragen, ob ich ihm wehgetan habe, da rempelt mich jemand von rechts an.

Zwei Hände schieben sich vor mein Gesicht und fischen einen Ball aus der Luft, der mich mit Sicherheit voll erwischt hätte. Ich gucke, wem die Hände gehören, und schaue direkt in Finns Gesicht. Er zwinkert mir zu, dreht sich um und pfeffert den Ball ins gegnerische Spielfeld. Leon kann sich nicht schnell genug wegdrehen, und der Ball streift ihn am Arm. Der Erste ist raus.

Und ich bin immer noch drin. Keine Zeit nachzudenken. Ich versuche, den Ball im Blick zu behalten und mich hinter anderen Mitspielern zu verstecken. Das klappt für kurze Zeit. Der Ball wechselt zweimal die Seiten, ohne dass er mich erwischt.

Dann kommt es, wie es kommen muss. Ich stolpere über irgendein Bein, falle der Länge nach hin, und der Ball trifft mich am Rücken. Noch am Boden, schaue ich zum gegnerischen Feld und sehe, dass Niklas vorn an der Linie steht. Er muss den Ball geworfen haben. Fragend zieht er seine Augenbrauen hoch, als hätte er Sorge, mich zu hart getroffen zu haben.

Bevor ich ihm signalisieren kann, dass ich okay bin, schiebt sich Finn ins Bild. Er streckt mir seine Hand entgegen, um mir aufzuhelfen. »Mensch, Annabelle, da lässt man dich mal einen Augenblick aus den Augen …«

Ich ignoriere seine Hand und zische: »Wenn ich einen Bodyguard brauche, sage ich dir Bescheid. Bis dahin ist es meine Sache, wie oft ich einen Ball abbekomme oder hinfliege!« Mühsam rappele ich mich auf und gehe so würdevoll, wie es mein schmerzender Rücken erlaubt, zum Spielfeldrand.

Dort angekommen, schaue ich mich vorsichtig in der Halle um. Niklas ist wieder vollkommen ins Spiel vertieft.

Aber er hat mich angesehen!

07

»CIAO RAGAZZE! Wie immer das schönste Eis für meine schönsten Kundinnen?«, flötet Mario und schenkt uns ein strahlendes Lächeln.

Carla wird rot.

Jette verdreht die Augen und erwidert: »Ich nehme das Eis, das am besten schmeckt. Das Aussehen ist mir egal. Pistazie und Walnuss mit Schokosoße, bitte.«

Ich stoße Jette mit dem Ellbogen in die Rippen. Merkt sie denn nicht, dass Mario schon ganz beleidigt guckt? Er arbeitet jeden Sommer in unserem Lieblingseiscafé »Venezia« gleich neben der Schule und ist trotz seiner dunklen Haare und braunen Augen nicht italienischer als wir. Dennoch spricht er mit Akzent, damit die Touristen das Eis für echt italienisch halten.

»Ich hätte gern das schönste Eis«, sagt Carla und bügelt damit Jettes Unhöflichkeit wieder aus.

Mario strahlt sie an. »Va bene! Dann würde ich vorschlagen: Joghurt-Blaubeere und Tiramisu. Sieht umwerfend aus und schmeckt mindestens genauso gut.«

Carla nickt, und Mario füllt die Kugeln in einen Eisbecher. Zum Schluss verziert er alles mit Schokosoße und bunten

Streuseln. »Die Deko geht aufs Haus.« Carla bedankt sich und zahlt.

Ich lächele Mario an. »Ich nehme auch Joghurt-Blaubeere, aber Tiramisu ist nicht so mein Fall. Was würdest du denn noch empfehlen?«

»Zitrone. Das ist eine gute Kombination.«

Ich nicke und zahle, nachdem mir Mario die gefüllte Waffel gereicht hat. Für das echte Sommergefühl brauche ich mein Eis in einer Waffel. Mario weiß das natürlich.

Carla und Jette sitzen an unserem Lieblingstisch direkt am Fenster. Ich nehme Platz, und eine Weile sagen wir nichts, während wir unser Eis genießen. Von meinem Blickkontakt mit Niklas habe ich den beiden längst erzählt. Zwar schmerzt die Stelle, an der mich der Ball getroffen hat, aber das stört mich nicht. Im Gegenteil: Der Schmerz erinnert mich daran, dass es Niklas war, der mich getroffen und danach entschuldigend angesehen hat.

Jette ist wie immer zuerst fertig. Sie leckt den letzten Rest Eis von ihrem Löffel. »Habt ihr Manons Hausaufgaben schon gemacht?«

Carla und ich nicken.

»Was habt ihr denn aufgeschrieben?«

Wir zögern. »Willst du Manon gleich am Anfang verärgern?«, fragt Carla schließlich.

»Wir müssen ihr ja nichts verraten.«

»Carla hat recht«, sage ich, obwohl ich auch zu gern wüsste, was die anderen aufgeschrieben haben. »Wenn Manon rausfindet, dass wir doch miteinander gequatscht haben, bläst sie vielleicht den Unterricht ab. Das will ich nicht riskieren.«

Jette verschränkt die Arme vor der Brust und starrt auf ihren leeren Eisbecher. »Gut, ihr Angsthasen, dann behaltet eure Erkenntnisse eben für euch.«

»Du glaubst doch nicht etwa, dass wir uns morgen gegenseitig fertigmachen?«, fragt Carla mit besorgter Miene.

»Keine Ahnung. Mir fällt allein schon genug ein, was es an meinem Körper auszusetzen gibt. Da brauche ich keine weiteren Hinweise.«

»Jette, wie kommst du denn bloß darauf?«, ruft Carla.

Was wir natürlich längst wissen: Jette ist gar nicht so cool, wie sie immer tut. Das merkt man aber erst, wenn man sie gut kennt.

Ich lege Jette den Arm um die Schultern und drücke sie an mich. »Wenn es dich beruhigt: Bei dir sind mir nur Dinge eingefallen, die ich schön finde. Bei Carla allerdings …« Verschwörerisch zwinkere ich Carla zu.

Jettes Mundwinkel zucken, dann lacht sie. »Okay, okay, ich vertraue euch. Wir warten einfach mal ab, was Manon mit uns vorhat.«

»Bestimmt bringt sie uns bei, wie man sexy läuft und verführerisch die Augen aufschlägt«, sagt Carla. »Ich glaube zwar nicht, dass ich so etwas kann, aber ich wollte mich schon immer mal wie eines von Heidis Models fühlen.«

Jette legt den Kopf schief und blinzelt so, als hätte sie eine Fliege im Auge. Carla und ich prusten los. Grinsend wickelt sich Jette eine Haarsträhne um den Finger, macht einen Kussmund und sagt mit hoher Stimme: »Ich möchte lernen, wie ich mir mit dem richtigen Spruch einen Typen angle.«

Wir kichern weiter. Ich bin froh, dass wir nicht zu Heidis Model-Trupp gehören, denn sonst dürften wir wohl nicht hier im »Venezia« sitzen und Eis schlecken. Carla schon, aber Jette und ich bestimmt nicht. Mit dreizehn habe ich eine Woche lang Diät gemacht, um dünnere Oberschenkel zu bekommen. Aber dann ist Julia im Sportunterricht zusammengeklappt, weil sie zwei Tage lang nichts gegessen hatte. Es gab einen Elternabend, und Mama hat mir danach in einem Medizinbuch Bilder von magersüchtigen Mädchen gezeigt und erklärt, warum Extremdiäten schädlich für den Körper sind. Seitdem habe ich nie wieder versucht, dünner zu werden.

Plötzlich wird Carla ernst. »Und was passiert, wenn sich eine von uns tatsächlich einen Freund angelt? Oder gleich zwei von uns auf einmal happy in love sind?«

Darauf habe ich eine Antwort! »Wenn ich mit Niklas zusammenkomme, schwebe ich mit ihm im siebten Himmel herum und weigere mich, jemals wieder auf die Erde zurückzukehren!« Sehnsuchtsvoll blicke ich an die Decke des Eiscafés.

Jette kichert, aber Carla bleibt ernst. »Du weißt, dass ich mich riesig für dich freuen würde. Ich frage mich nur, was dann mit unserer Freundschaft passiert.«

»Die bleibt natürlich, wie sie ist!«, rufe ich, als mir klar wird, worauf ihre Frage abzielt. Ich packe Carlas Hand. »Du brauchst dir keine Sorgen zu machen. Kein Typ wird uns drei je auseinanderbringen.«

»Genau«, pflichtet Jette mir bei. »Mit wem sollten wir denn sonst bequatschen, was uns an unserem Freund in den Wahnsinn treibt?«

»Okay«, sagt Carla. »Versprecht ihr, dass unsere Freundschaft nicht darunter leiden wird?«

»Versprochen!« Entschieden drücke ich Carlas Hand.

Jette legt ihre Hand auf meine. »Versprochen!«

Lächelnd zieht Carla ihre Hand unter meiner hervor, um sie ganz oben auf Jettes zu legen. »Versprochen!«

»Und egal, ob eine von uns bis dahin einen Freund hat oder nicht, wir fahren in den Sommerferien zu dritt an die Ostsee!«, verkünde ich.

Carla verzieht den Mund zu einem schiefen Lächeln. »Wenn unsere Eltern mitspielen …«

Ihren Vater davon zu überzeugen, dass er uns allein auf Usedom zelten lässt, wird ein hartes Stück Arbeit. Jettes Eltern werden wohl am ehesten zustimmen. Bei meinen bin ich mir nicht sicher, wie sie reagieren. Ich muss einen guten Moment abpassen, um mit ihnen zu reden. Geld habe ich selbst genug gespart, aber ob sie uns allein Urlaub machen lassen?

»Meine Schwester würde uns sicher ihr Zelt leihen«, sagt Jette. »Es ist groß genug für drei Leute, und das Gepäck bekommen wir auch noch unter.«

Jettes Schwester ist schon zwanzig. Letzten Sommer war sie in Schweden zelten und musste natürlich nicht um Erlaubnis fragen. Wie toll wäre es, wenn wir auch schon volljährig wären und tun und lassen könnten, was wir wollen! Jette hat Glück, dass ihre ältere Schwester den Weg für sie freigekämpft hat. Carla und ich müssen alles selbst verhandeln. Mein Bruder wird es später auch leichter haben – ich hoffe, er weiß das dann zu schätzen.

08

WER AUCH IMMER im Schulsekretariat den Stundenplan ausknobelt, sollte Herrn Schneider erst ab der zweiten Stunde arbeiten lassen. Denn sein Unterricht wirkt wie eine besonders starke Schlaftablette. Während er, monoton vor sich hin murmelnd, eine Formel herleitet, wandern meine Gedanken zu meinem Bett, das ich heute Morgen so ungern verlassen habe. Ich kämpfe gegen den Drang an, herzhaft zu gähnen. Vergebens! Mein Mund klappt auf und wieder zu, und ich schaue auf die Uhr. Gerade einmal zehn Minuten sind seit Unterrichtsbeginn vergangen. Warum dehnt sich die Zeit immer dann wie Kaugummi, wenn man es mit besonders langweiligen Mathestunden zu tun hat? Und warum rast sie am Wochenende nur so dahin?

Plötzlich geht die Tür auf, und Sophie steckt ihr stark geschminktes Gesicht herein. Schade, ich hatte gehofft, dass uns die Primaballerina heute erspart bleibt.

Sophie senkt den Kopf und schaut Herrn Schneider von unten durch ihre getuschten Wimpern an. »Entschuldigen Sie bitte, dass ich zu spät bin, Herr Schneider«, säuselt sie, »aber meine Fahrradkette ist abgesprungen.«

Dass das eine Lüge ist, weiß jeder, der Sophie auch nur ein bisschen kennt. Sie würde nämlich nie mit dem Fahrrad zur Schule fahren, aus Angst, ihre perfekt gestylte Frisur könnte Schaden nehmen. Auch jetzt fallen ihr die langen hellblonden Haare ordentlich gebürstet über den Rücken, der Pony sitzt perfekt über den großen blauen Augen.

Misstrauisch mustert Herr Schneider sie. »Warum sind deine Hände dann völlig sauber?«

Sophie macht ein hilfloses Gesicht. »Ach, ich habe gar nicht erst versucht, die Kette zu reparieren. Da brauche ich sowieso männliche Unterstützung.«

Wenn ich das schon höre! Ich kann meine Fahrradkette allein wieder auffädeln, wenn sie abgesprungen ist. Vielleicht klemme ich mir dabei den Finger ein und sehe danach aus wie ein Schornsteinfeger, aber ich stelle mich bestimmt nicht hin und warte, bis mich jemand rettet. Bei solchen Sprüchen muss man sich doch echt nicht wundern, wenn man uns Mädels nichts zutraut.

Herr Schneider seufzt schwer. »Sophie, was soll ich nur mit dir machen? Das ist in diesem Halbjahr schon das dritte Mal, dass du zu spät zu meinem Unterricht kommst.«

Sophie schaut ihn mit großen Augen an und zirpt: »Ach, Herr Schneider, das dürfen Sie nicht persönlich nehmen. Ich bin sicher, meine Fahrradkette hat nichts gegen Ihren Matheunterricht.«

Ein Kichern geht durch die Bankreihen.

»Setz dich«, sagt Herr Schneider genervt. Spätestens jetzt dürfte ihm aufgegangen sein, dass eine Diskussion mit Sophie zwecklos ist.

Schulterzuckend geht Sophie an ihren Platz. Sobald Herr Schneider sie nicht mehr im Blick hat, zwinkert sie ihrer Sitznachbarin und besten Freundin Anneke verschwörerisch zu.

Anneke zwinkert zurück und zeigt Sophie einen erhobenen Daumen. Tamara und Aishe, Sophies Groupies in der Sitzreihe davor, werfen ihrem Idol bewundernde Blicke zu. Als Sophie endlich auf ihrem Platz ist, beginnt sie sofort mit Anneke zu tuscheln.

Ich fühle mich wie immer ein kleines bisschen verraten, wenn ich die beiden beobachte. In der Grundschule war Anneke meine beste Freundin, aber nach dem Wechsel aufs Gymnasium hatte sie nichts Besseres zu tun, als sich Sophies Fanklub anzuschließen. Von einem Tag auf den anderen war ich abgeschrieben. Meine übrigen Freundinnen waren auf andere Schulen gewechselt, sodass ich plötzlich ziemlich allein dastand. In dieser Zeit kümmerte sich Finn um mich. Mit ausgedachten Geschichten über unsere neuen Mitschüler versuchte er, mich zum Lachen zu bringen. Meistens gelang ihm das. Und er gab sein Bestes, mir bei meinen Mathehausaufgaben zu helfen, obwohl er nicht mehr Durchblick hatte als ich. Im Kino waren wir auch zweimal.

Doch dann bekam ich zufällig ein Gespräch zwischen Mama und Monika mit und verstand, dass sich Finn nur um mich kümmerte, weil meine Eltern ihn darum gebeten hatten. Damit er sich nicht verpflichtet fühlte, sagte ich seine nächste Kinoeinladung ab. Leider hat Finn danach nicht mehr mit der Großer-Bruder-Nummer aufgehört. Dabei ging es relativ schnell, bis Carla, Jette und ich uns gefunden hatten.

Bei den beiden kann ich mir sicher sein, dass sie mich nicht plötzlich links liegen lassen. Was Sophie und ihren Anhang betrifft, sind wir drei uns einig: Eine Clique, bei der eine den Ton angibt und die anderen nach ihrer Pfeife tanzen, käme für uns nie infrage. Selbst wenn uns Sophie höchstpersönlich die Mitgliedschaft anböte, würden wir dankend ablehnen.

Im letzten Schuljahr haben sich Anneke und Tamara beide die Haare hellblond gefärbt, um Sophie noch ähnlicher zu werden. Aishe hat es bei ein paar blonden Strähnen belassen, aber auch nur, weil sie schwarze Haare hat, die eh nie so hellblond werden würden. Trotzdem nennen wir die vier seitdem nur noch »Team Barbie«.

Normalerweise würde ich Sophie einfach ignorieren. Das kann ich aber nicht, denn ich habe herausgefunden, dass Miss Was-bin-ich-toll auf Niklas steht. Wenn er in der Nähe ist, wirft sie sich die Haare über die Schulter, streckt ihren ohnehin schon eindrucksvollen Busen, den sie mit einem Push-up-BH noch weiter aufgepolstert hat, heraus und klimpert mit den Wimpern. Bei unserer ersten Leichtathletik-Einheit dieses Jahr hörte ich sie allen Ernstes sagen: »Oh, Niklas, wie weit du die Kugel immer stößt.«

Geht es noch plumper? Ich würde meinen: nein! Da ich nur leider überhaupt nicht mit Niklas rede, kann es gut sein, dass Sophie ihn sich mit ihrem blöden Gehabe schnappt, bevor Manon mir auch nur einen einzigen Augenaufschlag beigebracht hat. Also lasse ich Sophie gerade lieber nicht aus dem Blick.

09

ENDLICH IST DER SCHULTAG VORBEI, und wir können uns mit dem Lernstoff beschäftigen, der uns wirklich weiterbringt im Leben: dem Einmaleins des Flirtens. Kaum waren wir mit dem Mittagessen fertig, hat Manon unsere Küche in einen Klassenraum verwandelt.

Nun sitzen wir alle um den großen Tisch herum, Manon an der Stirnseite am Fenster. Hinter ihr steht Antons Tafel, aufgeklappt wie eine Staffelei. Da sie sich weder zum Herumtoben noch zum Krachmachen eignet, dürfen wir sie mit freundlicher Genehmigung meines Bruders benutzen. Um unsere Tarnung perfekt zu machen, hat Manon französische Vokabeln an die Tafel geschrieben. So können wir schnell ins offizielle Nachhilfefach wechseln, falls Mama oder Papa doch mal vorbeigucken. Deshalb liegen auch unsere Französisch-Lehrbücher auf dem Tisch. Anton darf ausnahmsweise eine Stunde fernsehen, weil es draußen in Strömen regnet und Janosch heute keine Zeit zum Spielen hat.

»Bienvenue, mes filles!«, begrüßt uns Manon. »Willkommen zu unserem Flirtunterricht.« Sie steht auf und schaut uns mit ernstem Blick an, den Kopf etwas höher gereckt als sonst.

Ihr dunkler Rock schmiegt sich um ihre Beine. Dazu trägt sie eine Bluse mit einer großen Schleife am Hals. Manon ist immer chic angezogen, aber so herausgeputzt habe ich sie noch nie gesehen. Es scheint ihr ernst damit zu sein, in die Rolle der Lehrerin schlüpfen zu wollen. Und wir sind ihre Übungsobjekte – das kann ja heiter werden. »Lasst uns beginnen mit eurer Hausaufgabe. Anna, fängst du an?«

Ich schaue auf mein Schreibheft, das aufgeschlagen vor mir liegt. Dann blicke ich Carla und Jette an, die beide ziemlich erleichtert aussehen. Ich nicke.

»Bien. Komm zu mir nach vorn.«

Was soll das denn? Müssen die Schüler in Frankreich etwa aufstehen, wenn sie dran sind?

Ich schnappe mir mein Heft und stelle mich neben Manon.

»Erzähl uns, was du an dir magst besonders.«

Als ich zögere, lächelt mich Carla ermutigend an. Jette guckt erwartungsvoll. Die beiden sind meine besten Freundinnen, also was soll schon passieren? »Ich finde meine Zähne gut. Sie sind weiß und auch schön gerade, weil ich jahrelang eine Zahnspange getragen habe.«

Manon nickt zufrieden. »Très bien. Was noch?«

Ich schaue auf den Boden. »Keine Ahnung. Ich finde alles an mir irgendwie durchschnittlich, meine Figur, mein Gesicht, meine Haare. Es gibt nichts, womit ich auffalle.«

Jette schnaubt hörbar. Manon wendet sich an meine beiden Freundinnen. »Habt ihr die gleiche Meinung?«

»Nein«, sagt Jette. »Ich finde Annas Haare toll. Sie sind schön glatt und glänzen wie Seide. Anna sollte sie viel öfter offen tragen. Das sieht verführerischer aus als ein Zopf.«

Erstaunt gucke ich Jette an. »Aber mich stören meine Haare, wenn ich sie offen trage!«

Manon winkt ab. »Ach, daran gewöhnst du dich. Du kannst sie ja mit Haarreifen aus die Gesicht halten – in Paris sind die gerade sehr en vogue. So siehst du auch nicht jeden Tag gleich aus.«

Haarreifen? Echt jetzt? Ich kann mir nicht vorstellen, dass das gut aussieht.

Manon dreht sich zu Carla um. »Was gefällt dir an Anna am besten?«

»Ihre Augen«, antwortet sie. »Die sind groß und dunkel, richtige Rehaugen. Genau so, wie Jungs es toll finden!«

Na, hier ist ja was los.

»Wenn ich auch noch was ergänzen darf …«, sagt Manon und nimmt meine rechte Hand. »Anna, du hast schlanke Hände. Mit dem richtigen Nagellack könntest du die Jungs wickeln um die Finger.«

Ich bin sprachlos.

Manon tätschelt meine Hand und lächelt mich an. »Danke, Anna. Du kannst dich wieder hinsetzen. Carla, kommst du bitte?«

Zögernd erhebt sich Carla und geht zu Manon. Sie trägt eine Jeans mit weitem Schnitt und ein dunkelblaues Sweatshirt – der typische Carla-Look.

Als sie vorne steht, fragt Manon: »Was gefällt dir an dir selbst?«

Verlegen zuckt Carla mit den Schultern. »Mein Vater sagt immer, ich habe dieselbe schöne Lache wie meine Mutter. Er hat sie lachen gehört und sich in sie verliebt.«

Carla hat keine Erinnerung mehr an sie. Ihre Mutter ist bei einem Autounfall gestorben, als Carla noch ganz klein war. Seitdem hat Herr Hoffmann seine Tochter allein großgezogen.

»Beim Flirten ist Lachen sehr wichtig«, erklärt Manon. »Ein Lächeln kann zum Beispiel sein ein erstes Signal, aber dazu später mehr. Carla, was magst du an dir noch?«

»Es fällt mir leichter zu sagen, was ich nicht mag.« Carla zeigt auf ihren Kopf. »Meine Haare hängen langweilig herunter und haben dazu noch die Farbe von Mäusefell. Ich bin zu groß, 1,75 Meter, und vielleicht wachse ich noch weiter. Mein Busen wächst leider nicht! Meine BHs sehen aus wie die einer Zehnjährigen.«

»Jetzt übertreibst du aber!«, unterbricht sie Jette. »Du hast eine Hammerfigur, schlank und mit langen Beinen wie ein Model. Ich beneide dich wirklich darum.«

»Anna, was gefällt dir an Carla?«, fragt Manon.

Ich versuche, meine Freundin so anzuschauen, als würde ich sie zum ersten Mal sehen. »Deine Augen sind mindestens so schön wie meine. Grau ist was Besonderes.«

»Anna hat recht«, sagt Manon. »Graue Augen haben grüne und blaue Farbpigmente. Mit Kleidung oder Schmuck in einer der beiden Farben können betont werden die grünen oder die blauen Pigmente.«

Augen, die ihre Farbe wechseln können – das ist ja cool, denke ich. Das können meine Augen nicht.

Manon ist noch nicht fertig mit ihren Tipps für Carla. »Wenn du deine Haare kürzer trägst, dann sie hängen nicht mehr so herunter. Ich kann dir auf der Website von die französische Modemagazin ›Marie Claire‹ Frisuren heraussuchen.«

Carla nickt begeistert. Als sie sich zurück auf ihren Platz setzt, leuchten ihre Augen, und ihre Wangen sind gerötet.

»Dann bin ich wohl dran.« Jette geht nach vorn und zieht die Ärmel ihres schwarzen Kapuzenpullis über ihre Hände, als würde sie sich am liebsten ganz darin verstecken. »Die erste Frage können wir bei mir überspringen. Dafür bekomme ich bei der zweiten bestimmt Zusatzpunkte, so viel fällt mir ein: Ich bin klein und dick, habe käseweiße Haut mit Punkten und rote Haare, die machen, was sie wollen«, zählt Jette auf. Herausfordernd guckt sie Manon an.

»Sommersprossen sind doch très chic«, erwidert Manon. »Isabelle Huppert hat damit viel Geld verdient.«

»Wer?«, fragt Jette.

»Eine berühmte französische Schauspielerin. Oder Emma Watson, die Hermine bei Harry Potter. Sie hat Sommersprossen, die sind sehr sexy.«

»Ich finde deinen Busen toll«, sagt Carla. »Wenn ich so einen Busen hätte, würde ich ihn nicht so verstecken wie du.«

»Richtig!«, bestätigt Manon. »Du solltest nicht immer so weite Pullover anziehen. Dir steht Kleidung, die zeigt deine Taille und präsentiert deine Busen.«

Erschrocken reißt Jette die Augen auf.

Manon schaut zu mir. »Was sagst du, Anna?«

»Mir gefällt dein Haar, das würde ich nicht glatt bürsten. Mit Locken siehst du bestimmt total verführerisch aus.«

Irritiert greift sich Jette in die Haare. »Meinst du wirklich?«

»Auf jeden Fall!«, antwortet Manon an meiner Stelle. »Was glaubst du, was andere Frauen tun würden für deine Locken? Danke, du kannst dich wieder setzen.«

Jette lässt sich auf ihren Stuhl sinken und starrt gedankenversunken auf die Tischplatte.

»Warum haben wir diese Übung gemacht?«, fragt Manon in die Runde.

»Weil du uns zeigen wolltest, wie wir mehr aus uns machen können?«, antwortet Carla.

»Ja, das auch. Aber vor allem ich wollte zeigen, dass die Dinge, die ihr an euch selbst nicht mögt, anderen vielleicht sehr gut gefallen.«

Manon dreht sich zur Seite und haut mit der flachen Hand auf ihren Hintern. »Als ich so alt war wie ihr, ich dachte, mein Po ist zu dick. Außerdem habe ich mich nicht getraut zu lächeln.« Sie grinst breit und zeigt auf den kleinen Spalt zwischen ihren oberen Schneidezähnen. »Später habe ich gemerkt, dass viele Männer lieben Frauen mit Kurven und dass eine Zahnlücke sehr sexy sein kann.« Manon schaut uns alle nacheinander an, dann hebt sie den rechten Zeigefinger und verkündet: »Klein oder groß, dick oder dünn, blond oder mit roten Haaren – zu jeder Art von Mädchen gibt es Jungen, denen genau gefällt diese Art.«

Jette scheint sich wieder gefangen zu haben. »Und welche Rolle spielt mein Charakter? Ich will doch keinen Typen, dem nur mein Aussehen gefällt!«, beschwert sie sich.

»Beides muss passen. Beim Flirten kommt es nicht nur an auf das Aussehen. Ihr könnt jemanden auch mit Witz, Charme oder Intelligenz gewinnen. Aber wenn ihr euch nicht wohlfühlt in eurer Haut, dann sieht man das. Dann ihr strahlt nicht positiv nach außen. Und eine positive Ausstrahlung ist ganz wichtig beim Flirten. Einverstanden?« Manon legt beide

Handflächen vor der Brust zusammen. »Alors, was haben wir heute gelernt?«

Brav zählen wir die wichtigsten Punkte auf und schreiben sie in unsere Hefte.

LEKTION 1:

- Schwächen als Stärken sehen
- Vorzüge betonen durch Kleidung, Frisur, Nagellack
- Wohlfühlen in eigener Haut

› **Positive Ausstrahlung**

Kaum hat Manon die Stunde beendet, springt Carla auch schon auf und ruft: »Ich werde gleich einen Termin bei meinem Friseur machen. Vielleicht klappt das noch diese Woche.«

Offene Haare und Nagellack? Das muss ich erst einmal sacken lassen.

»Ich habe gar keine Klamotten, die meinen Busen betonen«, sagt Jette. In ihrem Gesicht wechseln sich Schrecken und Neugier ab. Sie scheint sich auch noch nicht sicher zu sein, ob ihr die Tipps von Manon wirklich gefallen.

»Da müssen wir am Sonnabend wohl einkaufen gehen«, antworte ich. Dann stelle ich mir vor, wie wir hilflos durch die Läden stolpern. Ein Shoppingberater muss her. Ich lächele Manon an. »Und was machst du am Wochenende?«

»Ich habe noch keine Pläne«, entgegnet sie arglos.

Fehler! »Das trifft sich doch wunderbar.«

Fünf Minuten später haben wir Manon mit vereinten Kräften überzeugt. Am Wochenende geht's auf große Shoppingtour!

10

»ROSÉ ODER ERDBEERROT?« Manon hält mir zwei Fläschchen Nagellack vor die Nase. »Oder warte ...« Eifrig kramt sie in ihrem riesigen Kosmetikkoffer, den sie neben dem Küchentisch aufgeklappt hat, und zaubert noch eine Farbe hervor. »Wie findest du Himmelblau?«

Unschlüssig blicke ich Manon an, während meine Fingerspitzen in einer Schüssel mit warmem Seifenwasser einweichen. »Weiß nicht. Was würdest du denn empfehlen?«

Ich habe hin und wieder versucht, meine Nägel zu lackieren, aber bin jedes Mal kläglich gescheitert. Mit der rechten Hand die linke Hand anmalen, ist ja schon kompliziert genug, doch mit der linken die rechte? Keine Ahnung, wie das überhaupt jemand hinbekommt mit diesem komischen Pinsel und dem dickflüssigen Lack. Und dann dauert es ewig, bis das Zeug getrocknet ist. Mama war auch keine Hilfe, sie war noch ungeschickter als ich. Ich bin gespannt, wie sich Manon anstellt.

»Für den Alltag nimm lieber eine Farbe, die nicht zu knallig ist. Zum Ausgehen darf es sein etwas auffälliger.« Sie zeigt auf den blauen Lack, und ich nicke. »Zuerst feilen wir deine Nägel, sodass sie alle gleich lang und mit schöner Form sind.

Die wichtigste Regel: Bei kräftigen Farben sollten die Nägel sein ganz kurz, sonst sieht das billig aus. Bei hellen Farben können die Nägel auch sein länger.«

Manon greift nach meiner linken Hand und macht sich an die Arbeit. Mit einer großen Feile kürzt sie den Nagel meines Zeigefingers. »Erzähl, chérie, hast du schon mal einen Jungen geküsst?«

Erschrocken ziehe ich meine Hand zurück. »Äh«, stottere ich.

Manon hält meinen Zeigefinger fest und sieht mir beschwörend in die Augen. »Keine Sorge, ich habe geküsst zum ersten Mal mit sechzehn.«

»Echt? Ich hätte gedacht, dass du viel früher …« Ich spüre, wie ich rot werde.

Lachend feilt Manon weiter. »Wie sagt ihr auf Deutsch? Es ist noch kein Meister gefallen aus die Wolken?«

»Es ist noch kein Meister vom Himmel gefallen.«

»Genau. Das mit die Jungs musste ich auch erst üben.«

»Aber ich komme ja nicht zum Üben!«, stoße ich verzweifelt hervor. »Letzten Sommer war ich im Ferienlager in Mecklenburg. Einer der Jungs war in mich verliebt, glaube ich. Aber ich blöde Kuh habe mich nicht getraut, ihm zu zeigen, dass ich ihn auch toll finde. Immer, wenn er mich angeschaut hat, bin ich erstarrt. So wird das doch nie was!«

Manon schnappt sich meine rechte Hand. »Bestimmt war der Junge genauso unsicher wie du. Aber keine Sorge, ich zeige dir, wie du einem Jungen kannst Signale schicken.«

Ich zwinge mich, meine Finger locker zu lassen, damit Manon sie hin und her drehen kann.

Wie signalisiert man wohl, dass man geküsst werden will? Und wartet man dann einfach ab, was der andere macht, und macht mit? Super wäre, wenn ich zusätzlich zum Flirtkurs noch einen Kusskurs besuchen könnte. Mit einem Jungen, der auch keine Ahnung hat. Das wäre dann vielleicht so wie bei einem Tanzkurs. Nicht dass ich schon mal einen gemacht hätte, aber ich stelle mir vor, wie die Lehrerin sagt: »Zuerst üben wir die Ausgangsposition. Der Herr nimmt die Dame in den Arm. Die Dame öffnet ganz leicht den Mund, und der Herr legt seine Lippen auf ihre.« Und dann wird so lange geübt, bis der Kuss sitzt. Aber soweit ich weiß, gibt es solche Kurse nicht.

Bleibt mir also nichts anderes übrig, als Manon auszuquetschen. »Wie war denn dein erster Kuss?«

Ihr Blick wird träumerisch. »Fantastique ... Doch wenn ich so schaue zurück, waren wir sehr ungeschickt.« Sie lacht. »Aber der erste Kuss muss nicht wie der perfekte Hollywood-Moment sein, Anna. Wenn du magst den Jungen und er dich auch, fühlt sich das einfach gut an. Mach dir nicht so viele Gedanken über das Wie.«

Wie viele Mädchen Niklas wohl schon geküsst hat? Ich kann mir nicht vorstellen, dass er genauso unerfahren ist wie ich. An unserer Schule jedenfalls war er noch mit keinem Mädchen zusammen – das hätte ich mitbekommen. Aber wer weiß, was neben der Schule läuft.

Der stechende Geruch von Nagellack reißt mich aus meinen Gedanken. Manon hat das hellblaue Fläschchen geöffnet. Gekonnt streicht sie den Pinsel an der Öffnung ab und lackiert in zwei flinken Zügen meinen Daumennagel. Sieht so aus, als hätte ich nicht nur die perfekte Ratgeberin in Liebesfragen gefunden, sondern auch jemanden, der mich in die Geheimnisse der Nagelkosmetik einweiht.

Warte es nur ab, Niklas!

Wir sitzen am Esstisch beim Abendbrot, als mein Handy vibriert.

Ich schiele aufs Display und lese Carlas Nachricht an unsere WhatsApp-Gruppe. Sie will dringend mit uns skypen.

Unterm Tisch antworte ich, dass ich in einer Viertelstunde online bin.

Mama kriegt es natürlich trotzdem mit und donnert: »Annabelle, wie oft müssen wir dir eigentlich noch sagen, dass dein Handy am Tisch nichts zu suchen hat?«

»Aber es ist wichtig. Carla …«

»Es kann nicht so wichtig sein, dass es nicht bis nach dem Essen warten könnte!«, unterbricht mich Papa.

»Genau das habe ich ihr doch gerade geschrieben«, gebe ich zurück.

Immer dieselbe Diskussion. Es wäre doch für alle viel entspannter, wenn sie mich kurz tippen lassen würden, ohne gleich einen Streit vom Zaun zu brechen. Meine Eltern kapieren es einfach nicht! Ich kann mein Handy nicht einfach in meinem Zimmer liegen lassen. Das wäre ja, als würde ich meine Ohren abschrauben.

Sobald alle aufgegessen haben, flitze ich nach oben. Ich schalte meinen Laptop an und setze mich mit ihm aufs Bett.

Jette hat sich nicht gemeldet. Wahrscheinlich ist sie noch an den Abendbrottisch gefesselt. Ihre Eltern sind noch stressiger als meine, wenn es um Handys beim Essen geht. Die Verbindung steht, doch ich habe anscheinend den falschen Namen angeklickt. Das Mädchen auf dem Bildschirm kenne ich nicht.

Dann spricht das Mädchen mit Carlas Stimme: »Na, was sagst du?« Sie dreht ihren Kopf von einer Seite zur anderen.

Ich starre Carla an, die auf einmal einen Bob trägt. Vorne reichen ihre Haare bis zum Kinn, hinten sind sie etwas kürzer. Dazu ein paar aufgehellte Strähnen.

»Das sieht ja supercool aus!«, rufe ich, als ich meine Stimme wiedergefunden habe. »Die Jungs werden ihre Augen nicht von dir lassen können.«

»Papa war sehr überrascht, als ich nach Hause kam. Aber dann hat er gemeint, dass kurze Haare fürs Schwimmtraining viel praktischer wären, weil sie schneller trocknen.«

Typisch Mann, denke ich. Carla spricht nicht oft darüber, aber ich weiß, dass ihr ihre Mutter sehr fehlt. Nicht unbedingt genau ihre Mutter, weil sie ja keine Erinnerung an sie hat, aber jemand, der Frauensachen mit ihr bespricht und eine neue Frisur nicht nur nach ihrem praktischen Nutzen bewertet.

»Die Frisur ist so heiß, da trocknen die Haare noch unter der Dusche«, sage ich lachend.

11

KRIMSKRAMS, so weit das Auge reicht. Schmuckschatullen, Geschirr, Kisten voller Bücher und Unmengen Kleidungsstücke, die, ordentlich aufgehängt oder zu wilden Haufen gestapelt, auf neue Besitzer warten. Ich bin zum ersten Mal auf einem so großen Flohmarkt und weiß gar nicht, wo ich zuerst hinschauen soll. Manon, die manchmal am Wochenende nach Berlin fährt, hat uns erzählt, dass hier auf dem Leopoldplatz jeden Sonnabend ein Trödelmarkt stattfindet. Eine Frau mit Kopftuch schiebt einen Kinderwagen vor sich her und macht an einem Stand mit Stramplern und anderen Babysachen halt. Vor den Buden mit Spielzeug stehen Kinder, wild entschlossen, ihr Taschengeld in neue Schätze zu investieren. Zum Glück ist Anton zu Hause geblieben.

Neben mir klatscht Manon in die Hände. »So, mes filles, heute stehen zwei Punkte auf unsere Lehrplan: Kleidung finden, die euch lässt strahlen. Und …«, sie macht eine Pause, um die Spannung zu erhöhen, »… flirten üben.«

»Heute schon?« Ich spüre die altbekannte Panik in mir aufsteigen. »Aber du hast uns doch noch gar nicht erklärt, wie das geht!«

Manon legt eine Hand auf meine Schulter. Mit hochgezogener Augenbraue sagt sie: »Hast du etwa gedacht, dass wir sitzen wochenlang nur im Klassenzimmer? So kann man nicht lernen zu flirten.«

Besorgt blicke ich zu Carla und Jette hinüber. Die beiden sehen auch nicht gerade begeistert aus.

»Also, worum geht es beim Flirten?«, eröffnet Manon unser heutiges Training.

Jette legt ihre Stirn in Falten. »Darum, sich zu verlieben.« Ein Kranz aus rotblonden Locken umrahmt ihr Gesicht. Sie könnte fast als Engel durchgehen, wären da nicht ihre frechen Sommersprossen und ihr lautes Mundwerk.

Manon schüttelt den Kopf. »Nicht unbedingt.«

»Geht es darum, sich sexy zu fühlen?«, schlägt Carla vor.

»Auch nicht ganz richtig.« Manon schaut mich an.

Ich zucke mit den Schultern.

»Die Lösung ist viel einfacher«, sagt Manon. »Es geht darum, sich selbst und eine andere Person zu versüßen den Tag. Flirten soll Spaß machen!«

Spaß machen? Ich denke daran, wie schockgefrostet ich war, als Niklas mich angesprochen hat, und kann mir nicht vorstellen, dass mir Flirten jemals Spaß machen wird.

»Alors, das Allerwichtigste beim Flirten ist gute Laune. Ohne positive Gedanken könnt ihr nicht gewinnen eine Blumentopf.«

»Gute Laune? Kein Problem!«, ruft Carla. »Was noch?«

»Mehr nicht. Die Aufgabe für heute: lächeln! Lächelt die Menschen um euch herum an. Zeigt ihnen, dass ihr seid gut drauf. Wenn ihr wollt, könnt ihr sie auch ansprechen.«

»Nur Jungen?«

»Nein, auch Mädchen. Tretet mit den Menschen in Kontakt und schaut, was passiert.«

Manon zieht uns zu einem Stand, hinter dem zwei junge Frauen sitzen, eine blond, eine schwarzhaarig. Vor sich auf dem Tisch haben sie T-Shirts und Pullis ausgebreitet. An einer Stange daneben hängen Kleider und Blusen.

Manon lächelt die beiden Verkäuferinnen an. »Hallo, bestimmt eure Sachen passen meinen Mädels, so schlank, wie ihr seid.« Sie zeigt auf uns.

Die beiden erwidern das Lächeln. »Dann wollen wir mal schauen, was wir Schönes für euch haben«, sagt die Dunkelhaarige und springt auf.

Sie greift nach einem Kleidungsstapel und zieht ein langes türkisfarbenes Shirt hervor. Es hat kurze Puffärmel und eine Raffung am Ausschnitt. Manon nimmt es ihr ab und hält es vor Carlas Oberkörper. »Raffiniert wie ein Teil von Dior. Es ist lang genug, sodass du es mit Leggings tragen kannst. Und die Wellen hier oben lassen deinen Busen größer aussehen.«

Carla wird rot.

Die Dunkelhaarige zwinkert ihr zu. »Deswegen hatte ich es mir gekauft. Weil ich auch eher einen kleinen Busen habe.«

Manon drückt Carla das Teil in die Hand. »Probier es mal.«

Zögernd schält Carla sich aus ihrer dünnen Jacke und streift sich das Shirt über ihr Trägertop. Es sitzt wie angegossen. Sonst trägt Carla immer Jeans und T-Shirts, die ihr bis zur Mitte des Hinterns reichen. Leggings mit einem längeren Oberteil wären mal was anderes. Darin sähen ihre Beine bestimmt supersexy aus.

»Hast du Leggings?«, fragt Manon. Carla schüttelt den Kopf. »Kommt auf unsere Einkaufsliste.«

Derweil hat Jette an der Kleiderstange eine kurzärmelige braune Bluse entdeckt. Wir raten ihr zum Kauf, denn die Farbe passt toll zu ihrer Sommersprossenhaut, und der Schnitt betont ihren Busen. Manon zeigt ihr, dass sie den oberen Knopf offen lassen kann und die Bluse trotzdem nicht zu freizügig aussieht.

Da Manon nicht lockerlässt, ziehe ich ein fliederfarbenes Kleid mit kleinen weißen Blümchen an und bin erstaunt. Eigentlich bin ich davon ausgegangen, dass es viel zu kindlich aussehen würde, aber der gerade Schnitt gleicht die Verspieltheit des Musters aus. Ich mag es.

Manon zeigt auf die drei Kleidungsstücke und fragt die beiden Verkäuferinnen, was sie dafür haben möchten.

»Zehn Euro«, antwortet die Dunkelhaarige.

Super, denke ich, das ist ja viel günstiger, als wenn wir die Sachen neu kaufen würden. Ich zücke mein Portemonnaie.

Doch Manon scheint mit dem Preis nicht zufrieden zu sein. »Habt ein bisschen Mitleid«, flötet sie. »Die Mädels verdienen noch kein Geld. Acht Euro?«

Bedauernd schüttelt die Verkäuferin den Kopf. »Drei für jedes Teil sind das Minimum. Weiter runter können wir nicht gehen.«

Manon zögert einen Moment, dann nickt sie. Jede von uns zahlt drei Euro. Wir bekommen eine Tüte für unsere Beute und bedanken uns.

Zehn Meter weiter dreht Manon sich zu uns um und sagt schulterzuckend: »Auf dem Flohmarkt man muss handeln, sonst macht es nur halb so viel Spaß.«

»Die ist echt Wahnsinn!«, ruft Jette, während sie ihre Bluse aus der Tüte zieht.

Carla und ich grinsen einander an, ebenso glücklich mit unseren Schnäppchen. Ich bin froh, dass weder Carla noch Jette Wert auf Markenklamotten legen und secondhand für keine von ihnen ein Problem ist. Sophie ist da ganz anders. Sie kauft nur Teile, auf denen ein Designer-Logo prangt. Und auch die übrigen Mitglieder von Team Barbie kann ich mir nicht beim Stöbern auf einem Flohmarkt vorstellen. Zum Glück ist der Rest unserer Klasse entspannt, was Klamotten angeht. Jeder kann tragen, was er will. Manche sehen cooler aus als andere, aber keiner wird wegen seines Kleidungsstils fertiggemacht.

Manon klatscht in die Hände. »So, jetzt seid ihr dran. Lächelt und lasst euren Charme spielen. Und wie ihr gerade habt gesehen: Ein Kompliment öffnet Herzen.«

Außerdem rät Manon uns, einzeln loszuziehen. Dann sei der Übungseffekt größer. Wir machen eine Uhrzeit und einen Treffpunkt aus, und schon bin ich allein. Zum Aufwärmen nehme ich mir erst einmal die Lächelnummer vor. Gute Laune? Definitiv vorhanden. Die Sonne scheint, es ist Wochenende, und wir haben unseren Eltern Geld fürs Shopping abgeschwatzt. Da bewegen sich meine Mundwinkel ganz von selbst nach oben. Ich atme tief ein und schlendere an den Ständen entlang. Jedem, der in meine Richtung schaut, schenke ich nun ein Lächeln.

Eine ältere Frau mit zwei Tüten in den Händen lächelt zurück. Ein Baby im Tragetuch sabbert. Ein Mann mit einer Teppichrolle über der Schulter guckt grimmig – was daran liegen könnte, dass ich ihm den Weg versperre. Eilig trete ich zur Seite. Ein Junge, vielleicht dreizehn, guckt verschämt auf den Boden. Wenn der wüsste, wie gut ich ihn verstehe. Ein Typ, vielleicht zwanzig, antwortet mit einem breiten Grinsen. Ich kann gar nicht anders, als auch zu grinsen.

Dass es so viel Spaß macht, wildfremde Leute anzulächeln, hätte ich nicht gedacht. Vielleicht bin ich ja doch kein hoffnungsloser Fall. Hoch motiviert wage ich mich ans nächste Level: Leute ansprechen. Ich beobachte eine junge Frau, wie sie sich ein Tuch um den Hals schlingt und in einem Spiegel betrachtet. »Das Rot steht Ihnen wirklich gut«, sage ich zu ihr und meine es auch so.

Erfreut dreht sie sich zu mir um. »Wirklich? Dann nehme ich es.«

Das war leicht. Ich fühle mich, als könnte ich jeden anquatschen. Vielleicht sollte ich die Gelegenheit nutzen und mich an die Kontaktaufnahme zu einem Typen wagen. Wer weiß, wann ich wieder so in Flirtlaune bin. Ich blicke mich um und entdecke einen Jungen in meinem Alter hinter einem Spielzeugstand. Er sieht freundlich aus mit seinen kurzen rotblonden Haaren und der Brille mit dem blauen Rahmen.

Zielstrebig gehe ich auf den Stand zu und lächele ihn an.

Er lächelt zurück. Ich mustere die Spielsachen und suche in Gedanken nach einem Kompliment. Schöne Legosteine? Wohl kaum.

»Mir gefällt deine Brille«, wage ich einen Vorstoß. »Blau sieht man ja nicht so oft.«

Sein Gesicht verzieht sich wieder zu einem Lächeln. Doch bevor er antworten kann, taucht aus den Untiefen hinter dem

Tisch ein Mädel mit einem breitkrempigen Sonnenhut auf, das besitzergreifend ihren Arm um seine Taille schlingt und mich böse anfunkelt. Verlegen wendet der Typ seinen Blick ab.

»Ja, dann …«, stottere ich erschrocken und merke, wie mir die Röte ins Gesicht steigt, »… noch einen erfolgreichen Tag.« Ich drehe mich um und eile davon.

Drei Stände weiter bleibe ich stehen. Was war das denn?! Ich wollte doch nur nett sein, ganz ohne Hintergedanken, und die Ziege geht gleich zum Angriff über. Was habe ich bloß falsch gemacht? Hoffentlich hält Manon mich nicht für eine komplette Idiotin. Plötzlich ist meine Flirtlaune dahin.

12

MEIN ZIMMER SIEHT AUS, als hätte eine Bombe eingeschlagen. Überall, auf dem Bett, dem Sessel und dem Fußboden, liegen Klamotten. Nach unserem Shopping-Trip hatte ich das dringende Bedürfnis, mal wieder meinen Kleiderschrank auszumisten. Dank Manons Hilfe haben wir richtig tolle Klamotten mit nach Hause gebracht: Jette hat noch ein grünes Kleid gefunden, mit Knopfleiste vorn und einem breiten Gürtel, der ihre Taille betont. Dazu hat sie ein nagelneues Paar Sandalen aufgestöbert. Darauf gab es einen ordentlichen Rabatt, was sie wohl auch ihrem Augenaufschlag zu verdanken hatte. Carlas Lieblingsstück sind ein Paar lilafarbene Shorts, die knapp unterm Po enden. Ich habe mir außer dem Kleid noch ein Paar hautenge Jeans in Hellgrau und ein zitronengelbes Neckholder-Top ausgesucht. Insgeheim hoffe ich, dass ich Niklas damit gefalle.

Ehrlich gesagt habe ich keine Ahnung, auf welche Art von Mädchen Niklas wohl steht. Mag er eher den sportlichen Typ mit Sneakers und Hoody, weil er selbst Sportler ist? Schlägt sein Herz bei Mädels höher, die sich richtig aufbrezeln, viel Make-up tragen und Schuhe mit hohen Absätzen, so wie Sophie? Oder habe ich eine Chance bei ihm? Ich mit meinen braven, langen Haaren, meinem Blümchenkleid, Ballerinas und himmelblauem Nagellack?

Aber was würde es mir nützen, wenn ich wüsste, dass er insgeheim auf den aufgedonnerten Typ à la Sophie abfährt? Mal abgesehen davon, dass mir meine Eltern nie erlauben würden, mich stark zu schminken und sexy anzuziehen, würde ich mich in dieser Aufmachung selbst nicht wohlfühlen. Und ein sportliches Outfit wäre bei mir sowieso der größte Witz. Wahrscheinlich würde ich über die Schnürsenkel meiner Sneakers stolpern oder mit der Hoody-Kapuze irgendwo hängen bleiben. Ein Klopfen an der Tür reißt mich aus meinen Gedanken.

»Ja?«, rufe ich.

Mama kommt herein. Seit wann klopft sie an? Sie schert sich doch sonst nicht um meine Privatsphäre.

Schmunzelnd setzt sich Mama auf meine Bettkante, während ich damit beschäftigt bin, meine Klamotten zurück in den Schrank zu räumen. »Na, mein Keks, bist du also doch verliebt?«

Ruckartig drehe ich mich um und funkele sie böse an. »So ein Blödsinn, Mama! Wie kommst du denn darauf?«

Sie schiebt ihre Brille nach oben. »Nagellack, offene Haare, neue Klamotten. Da ist doch was im Busch.«

Ich zwinge mich zur Ruhe. Bloß nicht aufregen, das wirkt erst recht verdächtig. »Ich werde erwachsen«, antworte ich möglichst gelassen.

»Von einem Tag auf den anderen?«

»Nein, das läuft schon eine Weile. Hast du vielleicht vor lauter Arbeit nicht mitbekommen.«

»Gerade habe ich doch Zeit für dich! Aber du willst mir nicht erzählen, was los ist.«

Stimmt. Weil Mama aus allem eine Riesensache macht. Sollte ich schwach werden und ihr gestehen, dass ich in einen Typen aus meiner Schule verknallt bin, hätte ich zu Hause keine ruhige Minute mehr. Jeden Tag müsste ich über meine Fortschritte Bericht erstatten. Selbst Papa wäre nicht in der Lage, Mama zu stoppen.

Deshalb halte ich lieber meine Klappe, was das Thema betrifft, und sage: »Es gibt ja auch nichts zu erzählen. Manon war mit uns shoppen, und jetzt miste ich meinen Kleiderschrank aus.«

»Na gut.« Sie glaubt mir zwar nicht, aber zum Reden zwingen kann sie mich zum Glück nicht.

Bei nächster Gelegenheit versucht sie bestimmt, Jette und Carla auszuquetschen. Ich muss die beiden unbedingt warnen.

Mama beugt sich zu mir nach vorn und sagt in ihrer Ärztinnenstimme: »Du denkst aber daran zu verhüten, wenn es so weit ist, ja?«

»Was?« Das kann jetzt echt nicht wahr sein! Entgeistert starre ich sie an.

»Wir haben doch darüber gesprochen, dass du dir jederzeit die Pille verschreiben lassen kannst.«

»Genau, Mama, wir haben darüber gesprochen. Ungefähr zweimal jährlich seit meinem zehnten Geburtstag. Ich weiß, dass nicht der Storch die Babys bringt. Ich melde mich, wenn ich die Pille haben möchte. Und ich weiß auch, wozu Kondome gedacht sind.«

»Ich will ja nur …«

»… noch nicht Oma werden«, vollende ich ihren Satz. »Auch das weiß ich.«

Endlich gibt sich Mama geschlagen und geht. Ich lege mich aufs Bett und grüble. Wie lange es wohl noch dauert, bis ich mir die Pille verschreiben lasse? Im Oktober werde ich sechzehn. Das sind noch vier Monate. Ob es bis dahin klappt? Bei dem Tempo, das ich an den Tag lege, ist das unwahrscheinlich. Da müsste ich ja innerhalb von vier Monaten Flirtprofi werden, Niklas für mich gewinnen, küssen lernen und bereit sein, mit ihm zu schlafen, damit ich überhaupt die Pille brauche.

Wenn ich nur wüsste, wie viele in meiner Klasse schon Sex hatten. Aber bei diesem Thema sagt einem ja niemand die Wahrheit. Keiner will als unerfahren dastehen. Johanna hat schon seit über einem Jahr einen Freund, und auch Marten ist seit mehreren Monaten mit Amelie aus der 9b zusammen. Ich gehe davon aus, dass die nicht nur Händchen halten.

Aber alle anderen? Unsere Primaballerina tut immer megaerfahren. Neulich habe ich ein Gespräch zwischen ihr und Anneke belauscht. Hätte ja sein können, dass sie über Niklas reden, da konnte ich natürlich nicht weghören. Sophie erzählte von einem Typ, den sie in einem Club in Berlin kennengelernt hat. Der sei für eine Nacht ganz okay gewesen, sagte sie leichthin, aber sie habe keine Beziehung mit ihm gewollt. Keine Ahnung, ob das stimmt. Ich glaube nicht, dass Team Barbie so offen und ehrlich miteinander ist wie Carla, Jette und ich. Aber es könnte natürlich trotzdem stimmen.

Ich fasse einen Entschluss: Weil ich sowieso nicht weiß, wer in meinem Jahrgang noch Jungfrau ist und wer nicht, zerbreche ich mir darüber nicht länger den Kopf.

13

ES IST ZWEI VOR ACHT, und wir stehen auf dem Flur vor dem Klassenzimmer. Jette trägt ihr tailliertes Kleid und die Sandalen vom Flohmarkt. Sie zieht den geknoteten Stoffgürtel fest und streckt die Brust raus. Ihre Locken leuchten in der Morgensonne. Sie grinst und reckt den Daumen nach oben. Lächelnd blicke ich zu Carla, die in ihrem eng geschnittenen T-Shirt und den Leggings noch ein bisschen größer aussieht als sonst. Sie erwidert mein Lächeln und streicht sich nervös die kurzen Haarsträhnen hinter die Ohren. Da ich beim Schnick-Schnack-Schnuck verloren habe, muss ich vorgehen. Tief einatmend, rücke ich mein gelbes Top zurecht und steuere meinen Platz an.

Ohne nach rechts oder links zu gucken, setze ich mich hin und ziehe Lehrbuch und Hefter aus der Tasche. Jette wirft sich auf den Stuhl neben mir. Carla rutscht vor uns in die Reihe.

Die Gespräche um uns herum verstummen, was sicher nicht daran liegt, dass Herr Montag, unser Französischlehrer, die Klasse betritt. Von allen Seiten werden wir angestarrt. Vereinzelt setzt Getuschel ein.

Ich muss mich zusammenreißen, um nicht den Sitz des grau-weiß karierten Haarbandes zu überprüfen, das mir Manon geliehen hat. Bloß keine Unsicherheit zeigen. Stattdessen richte ich meinen Blick nach vorn zu unserem Lehrer und versuche, dabei möglichst cool auszusehen. Carla schaut verschämt in ihr Buch. Aus dem Augenwinkel sehe ich, wie Jette die neugierigen Blicke breit grinsend erwidert. Sie sitzt viel aufrechter in ihrem Stuhl als sonst.

Irritiert guckt Herr Montag von Carla zu Jette und dann zu mir und murmelt etwas vor sich hin, das klingt wie »Heidi Klum« und »sollte verboten werden«. Ich frage mich, ob sich Heidis Mädels auch so komisch fühlen, wenn sie von allen gemustert werden. Hoffentlich bittet mich Herr Montag nicht an die Tafel. Auf dem Weg nach vorn würde ich vor lauter Nervosität garantiert stolpern. Anders als die Möchtegernmodels brauche ich dazu weder High Heels noch einen Catwalk – meine Ballerinas und ein schnöder Linoleumboden genügen vollkommen.

Zum Glück ruft mich Herr Montag nicht auf, und unsere Mitschüler halten es auch nicht aus, 45 Minuten lang zu uns herüberzuschauen. Doch als es zur Pause klingelt, sind unsere Plätze im Handumdrehen von Mitschülern umzingelt. Die Fragen und Kommentare prasseln nur so auf uns ein:

»Bei welchem Friseur warst du?«

»Ich liebe die Farbe von deinem T-Shirt!«

»Du trägst doch sonst nie Kleider!«

Wir erzählen unsere Cover-Story, wonach uns Manon gezeigt hat, was in Paris gerade angesagt ist.

Mehrere Mädels wollen wissen, ob ihnen »mein« Au-pair

auch Stylingtipps geben könne. Ich verspreche, Manon zu fragen.

Trotz des Trubels entgeht mir nicht, dass Sophie uns nicht beachtet. Sie ist an ihrem Platz geblieben und schaut irgendwas auf ihrem Handy an. Dann hält sie Anneke und den anderen beiden das Telefon vor die Nase, und die vier lachen. Die Reaktion von Team Barbie sollte mir wirklich egal sein, aber irgendwie wurmt mich ihre Missachtung.

Als es zur nächsten Stunde klingelt, sind noch lange nicht alle Fragen beantwortet. Ich hoffe bloß, dass unsere neugierigen Mitschüler uns nicht auch noch in der Hofpause belagern. Sonst habe ich keine Chance, Ausschau nach Niklas zu halten.

Auf dem Weg zum Schulhof legt plötzlich Finn den Arm um meine Schultern. Mit seinen grünen Augen schaut er mich ernst an, die Stirn sorgenvoll in Falten gelegt. »Soll ich dir was sagen?«

Ich sehe ihn fragend an.

Plötzlich grinst er breit und zieht an einer meiner Haarsträhnen. »Ich fürchte, jetzt muss ich noch besser auf dich aufpassen.«

Genervt winde ich mich aus seiner Umarmung und verdrehe die Augen. Wir stellen uns zu der kleinen Gruppe von fünf Leuten, zu der auch Jette und Carla gehören.

Finn schlägt sich theatralisch mit der rechten Hand auf die Brust und ruft: »Mädels, ich fühle mich sehr geehrt. Dass ihr euch vor meiner Geburtstagsfeier so ins Zeug legt und du, Carla, extra noch zum Friseur gehst – das wäre doch wirklich nicht nötig gewesen!«

Carla lächelt verlegen, während Jette kontert: »Hast du denn genügend gut aussehende Jungs eingeladen, damit sich die Mühe auch lohnt?«

Bevor Finn antworten kann, taucht plötzlich Niklas in unserem Kreis auf. Die Jeans hängt ihm lässig auf der Hüfte, sein blaues T-Shirt schmiegt sich um seine breiten Schultern und bringt seine Augen zum Leuchten. Mein Herz beginnt, wie wild zu pochen.

Niklas schickt ein »Hi!« in die Runde und sagt dann zu Carla: »Ich hätte dich fast nicht erkannt. Stehen dir gut, die kurzen Haare.«

Carla lächelt ihn an. »Danke. Ich hoffe, dass das Föhnen nach dem Schwimmtraining jetzt schneller geht.«

Grinsend dreht Niklas sich zu Jette und mir. »Hey, euer Look ist auch nicht übel!«

Ich merke, wie meine Zunge schwerer wird. Gleich erstarrt sie! Aber ich bin wild entschlossen, mir diese Gelegenheit nicht entgehen zu lassen. Ich lächele charmant – hoffe ich zumindest – und sage mit möglichst fester Stimme: »Vielen Dank, Niklas.«

Geschafft! Mein Bauch fühlt sich an, als würden darin hundert Schmetterlinge Samba tanzen.

Jette hebt ihren Rock leicht hoch und deutet einen Knicks an. »Merci! Kommst du am Samstag auch zu Finns Party?«

»Oh, keine Ahnung …« Er zuckt mit den Schultern.

Zielsicher ist Jette ins Fettnäpfchen gelatscht. So wie Niklas sich verhält, ist er wahrscheinlich gar nicht eingeladen. Wirklich zu schade!

Finn erlöst ihn. »Klar doch. Komm vorbei, Niklas. Ich

hatte nur noch keine Gelegenheit, dir von der Party zu erzählen.«

Niklas lächelt erfreut. »Cool, das mache ich!«

Irgendwie werde ich das Gefühl nicht los, dass Finns Einladung nicht von Herzen kommt. Aber vielleicht bilde ich mir das bloß ein. Ich wende meine Gedanken lieber den wirklich wichtigen Dingen zu: Niklas wird am Samstag bei Finns Party sein! Das ist die Gelegenheit für mich, sein Herz zu gewinnen. Ich könnte Jette dafür knutschen, dass sie ihn gefragt hat.

14

NUR NOCH DREI TAGE bis zur Party! Heute ist Flirtunterricht, und ich brauche unbedingt einen Schlachtplan für Samstag. Wir sitzen wie immer um den Küchentisch herum, während Manon neue Französisch-Vokabeln an die Tafel schreibt. Sie trägt ein hellgrünes Kleid mit einem braunen Gürtel. Meine kurze Hose klebt mir am Hintern. Trotz des schönen Wetters trauen wir uns nicht auf die Terrasse, aus Angst, das Gesagte könnte durch ein geöffnetes Fester an die Ohren meiner Eltern dringen. Außerdem sollen uns nicht Anton und Janosch belauschen, die zwischen den Fliederbüschen eine Höhle für Batman und Robin bauen.

Ich habe Manon natürlich schon davon erzählt, dass Niklas am Wochenende zum Greifen nah ist, und sie hat Hilfe versprochen. Doch erst einmal sollen wir wiederholen, was wir bei unserem Berlin-Ausflug gelernt haben. Damit es nicht zu einfach wird, bittet Manon uns zwischendurch, einzelne Sätze auf Französisch zu sagen. Mon Dieu! Wir tragen die wichtigsten Punkte zusammen, und nach fünf Minuten steht in meinem Heft:

LEKTION 2:

- Flirten soll Spaß machen!
- Lächeln nicht vergessen!
- Komplimente sorgen für gute Stimmung.
- Flirten klappt nicht mit jedem.

Den letzten Punkt haben wir ergänzt, nachdem ich von meiner Begegnung mit der eifersüchtigen Freundin erzählt hatte. Manchmal würde das Flirten eben nicht funktionieren, beruhigte mich Manon. Es könne immer mal sein, dass der andere mit den Gedanken ganz woanders ist, schlechte Laune hat oder eine eifersüchtige Freundin. Darauf habe man keinen Einfluss. Abhaken und woanders weiterflirten sei die richtige Antwort darauf.

»Kommen wir zur nächsten Aufgabe«, sagt Manon. »Stell dir vor, du bist auf einer Party. Plötzlich siehst du einen Jungen, der dir gefällt. Wie kannst du ihm zeigen, dass du hast Interesse, ohne ihn anzusprechen?«

»Winken?«, fragt Jette. So, wie sie dabei guckt, meint sie ihren Vorschlag nicht wirklich ernst, aber ganz genau weiß man das bei ihr nie.

»Manchmal kann das funktionieren«, antwortet Manon grinsend. »Doch das ist eher was für Fortgeschrittene.«

»Ich würde ihn anlächeln«, sagt Carla.

»Sehr gut. Was fällt euch noch ein?«

»Ich würde erst einmal Blickkontakt suchen«, schlage ich vor.

»Genau! Und was denkst du in diese Moment?«

Ich stelle mir die Situation vor. Dort drüben ein cooler Typ, der lässig an der Wand lehnt und darauf wartet, dass sein Kumpel mit einem neuen Bier zurückkehrt. Hier ich mit einem Getränk in der Hand und einem großen Kloß im Hals. Ich zwinge mich, ihn anzuschauen, ohne gleich wieder auf den Boden zu gucken, sobald er in meine Richtung blickt. »Ich denke: Hoffentlich hält der mich nicht für total bescheuert, wenn ich ihn so anstarre.«

Manon schüttelt den Kopf. »Non, das solltest du lieber nicht denken, Anna. Weil man dir dann sieht an deine Angst. Besser wäre etwas wie ›Du gefällst mir aber gut!‹. Schon hast du eine positive Gesichtsausdruck.«

Da ist sicher was dran. Mama behauptet ja auch immer, sie könnte in meinem Gesicht lesen wie in einem offenen Buch. Wenn ich also etwas Negatives denke, gucke ich wahrscheinlich wie sieben Tage Regenwetter. Da würde ich auch nicht mit mir flirten wollen.

»Nennt andere Beispiele für positive Gedanken, wenn ihr Signale sendet.«

»Dich würde ich wirklich gern kennenlernen!«, schlägt Carla vor und wird rot.

»Gut.«

Anzüglich grinsend ergänzt Jette: »Was für einen knackigen Hintern du doch hast!«

»Très bien! Genau die richtige Einstellung.« Manon klatscht in die Hände. »So, das versuchen wir jetzt.«

Die nächsten zehn Minuten üben wir in wechselnden Zweiergruppen – Manon macht mit –, Komplimente zu denken, Blickkontakt aufzunehmen und zu lächeln. In der dritten Runde sitzt mir Jette gegenüber. Sie fährt sich mit der

Hand durch die Locken und befeuchtet dabei mit der Zunge ihre Lippen.

Ich pruste los. »Du solltest etwas weniger dick auftragen, sonst rennen die Jungs schreiend davon«, prophezeie ich ihr, immer noch lachend.

»Stimmt«, meint Carla, die die Szene beobachtet hat. »Hab Spaß, aber bleib du selbst«, sagt Manon.

Leichter gesagt als getan. Wenn ich *ich selbst* bleibe, passiert die ganze Party über gar nichts, weil ich mich nicht traue, Niklas irgendetwas zu signalisieren. Und selbst wenn ich mich überwinde, heißt das ja nicht, dass er darauf anspringt. »Was mache ich denn, wenn Niklas nicht auf meine Signale reagiert?«, frage ich Manon.

»Dann sprichst du ihn an!«, antwortet sie.

Mir rutscht vor Schreck das Herz in die Hose. »Einfach so?«

»Klar. Gerade die deutschen Männer sind nicht alle Superflirter. Wenn du da als Frau wartest, bis du wirst angesprochen, du bist alt und grau.«

Das muss ich erst einmal verarbeiten. Diese Möglichkeit habe ich noch gar nicht in Betracht gezogen. Vielleicht findet Niklas mich ja ganz toll und traut sich nur nicht, mir das zu sagen, weil er schüchtern ist. Guck an, da eröffnen sich ja ganz neue Perspektiven!

Manon geht wieder nach vorn. »Es gibt sehr viele Wege, um einen Jungen anzusprechen. Ich erkläre euch drei einfache Methoden. Methode eins ist die Begründungsmethode. Du sagst dem Jungen einfach, warum du ihn ansprichst. Wenn zum Beispiel auf einer Party steht ein Typ allein, gehst du zu ihm und sagst: ›Wir kennen uns noch gar nicht. Ich finde, das kann so nicht bleiben. Ich bin Anna.‹ Oder wenn er gerade bestellt hat ein Getränk, sagst du: ›Du siehst aus, als hättest du einen guten Geschmack. Welches Getränk kannst du mir empfehlen?‹ Und wenn der Typ nicht ist ein kompletter Idiot, ihr seid bald mittendrin im Gespräch.«

»Cool. Einfach sagen, warum ich ihn anspreche. Das kriege ich hin«, meint Jette.

War ja klar, dass ihr diese superdirekte Methode gefällt. »Ich glaube, das traue ich mich nicht«, gebe ich zu und wünsche mir insgeheim mal wieder, mir eine Scheibe von Jettes unbekümmerter Art abschneiden zu können.

Carla nickt bestätigend.

»Methode zwei ist ein bisschen mehr zurückhaltend. Ihr nehmt kurz Kontakt auf und lauft dann sofort weiter. So ihr müsst nicht auf seine Reaktion warten. Aber er wird neugierig sein. Ein Beispiel: Ein Typ steht vor den Toiletten. Du machst ein Kompliment, so etwas wie ›Dein Shirt finde ich echt cool‹, und gehst dann gleich weiter auf die Damentoilette. Vielleicht steht er noch draußen, wenn du wieder kommst raus, und spricht dich an. Oder du kannst später noch mal Kontakt aufnehmen, ihm zuprosten mit deinem Getränk zum Beispiel.«

Klingt schon besser, aber ganz wohl ist mir dabei immer noch nicht.

»Die dritte Methode nenne ich die Oder-Frage. Du bietest dem Jungen immer zwei Möglichkeiten an. Zum Beispiel du fragst: ›Wartest du auf jemand, oder kann ich mich zu dir setzen?‹ Das ist nicht so direkt wie die Frage ›Kann ich mich zu dir setzen?‹. Du kannst auch stellen eine witzige Oder-

Frage, zum Beispiel ›Willst du mich jetzt kennenlernen oder lieber später?‹ Da muss er bestimmt lachen, und das Eis ist aufgebrochen.«

Den ersten Schritt machen und dabei noch witzig sein? Ob ich mich das traue?

Manon muss meinen skeptischen Blick gesehen haben. »Ein bisschen Mut brauchst du immer, Anna, wenn du jemanden ansprechen willst. Auch wenn es mal geht schief, ist das kein Weltuntergang. Man muss Flirten üben wie eine Fremdsprache. Man muss üben, üben, üben und macht am Anfang viele Fehler. Dafür wird man jedes Mal besser.«

»Aber ich will nicht, dass es schiefgeht! Niklas ist mir zu wichtig, um mit ihm zu üben.« Verzweiflung macht sich in mir breit. Die Sache mit Niklas ist für mich kein Spiel, bei dem es egal ist, ob ich gewinne oder verliere.

»Da hilft nur eins: Du musst flirten möglichst viel mit Jungen, in die du nicht bist verliebt. So verlierst du deine Angst und traust dich, Niklas anzusprechen. Das ist die Hausaufgabe für euch drei: Flirtet mit Jungs, die nicht sind euer Typ! Macht dabei ruhig den ersten Schritt.«

Mit anderen Jungen flirten? Das muss ich erst mal sacken lassen. Ich starre auf die Notizen in meinem Heft, während Manon die Stunde beendet.

LEKTION 3:

Signale senden:

- etwas Nettes denken
  (»Du gefällst mir aber gut!«)

- Blickkontakt suchen
- den anderen anlächeln
- natürlich bleiben, keine übertriebenen Gesten

Den ersten Schritt machen:

- z. B. Begründung, Kompliment im Vorübergehen, Oder-Frage
- üben, üben, üben
- auch mit Jungs flirten, die nicht als Freund infrage kommen

Nach dem Abendessen bringt Papa Anton ins Bett. Mama und Manon haben einen Rotwein geöffnet. Sie sitzen am Küchentisch und nippen an ihren Kelchen. Ich bleibe noch, weil ich hoffe, dass der Wein Mama in eine großzügige Stimmung versetzt und sie mir die Reise an die Ostsee genehmigt. Sie wird sowieso sagen, dass sie das erst mit Papa besprechen muss, aber wenn ich sie schon mal so weit habe, ist das die halbe Miete.

»Anton war heute so komisch«, sagt Mama stirnrunzelnd. »Beim Spielen mit Janosch rief er plötzlich: ›Willst du mich jetzt kennenlernen oder lieber später?‹ Dann hat Janosch geantwortet: ›Was für einen knackigen Hintern du doch hast!‹«

Manon verschluckt sich und muss husten. Ich erstarre. Klingt so, als wären Batman und Robin zwischendurch aus ihrer Höhle gekrochen und hätten uns nachspioniert. Kann sein, dass die Küchentür nur angelehnt war. Was für ein Schlamassel! Sind wir jetzt aufgeflogen?

Ich versuche zu kichern, damit Mama keinen Verdacht

schöpft. Doch das Geräusch, das ich dabei mache, klingt wie das Krächzen einer Krähe.

Als Manon wieder sprechen kann, sagt sie: »Wie drollig! Das müssen sie irgendwo mitgeschnappt haben.«

»Ja, aber wo nur?« Mama guckt sie durchdringend an.

Manon zuckt mit den Schultern und sagt erstaunlich ruhig: »Vielleicht im Fernsehen. Die sagen manchmal wirklich komische Sachen, auch in den Kindersendungen.«

Doch so schnell gibt Mama nicht auf. Ihren Blick weiter auf unser Au-pair geheftet, fragt sie: »Und du bist sicher, dass er dich nicht bei einem Gespräch mit einem jungen Mann belauscht hat?«

»Oui, ganz sicher!«, erwidert Manon sehr überzeugend.

Mama nickt und wendet sich wieder ihrem Weinglas zu.

Unauffällig wechseln Manon und ich einen Blick. Sieht so aus, als wären wir noch mal davongekommen. Und Manon musste nicht mal lügen. Um mein Glück nicht weiter herauszufordern, beschließe ich, Mama lieber ein anderes Mal wegen des Urlaubs zu fragen, und verdrücke mich in mein Zimmer.

15

ES IST DONNERSTAGMORGEN. Noch zwei Schultage bis zur Party – ich muss mich also ranhalten, wenn ich am Samstag so etwas wie Flirtroutine haben will. Ich schaue auf meine Notizen aus der letzten Unterrichtsstunde und überlege, welche Jungs sich gut zum Üben eignen würden. Vermutlich werden mir in den nächsten Tagen kaum Typen begegnen, die ich noch nie zuvor gesehen habe. Das ist das Blöde, wenn man in einer Kleinstadt lebt und zur Schule gehen muss. Bleibt mir wohl nichts anderes übrig, als mit meinen Mitschülern zu trainieren.

Auf dem Weg zur Schule stoße ich fast mit Elmar zusammen. Er hat Stöpsel in den Ohren und bemerkt mich überhaupt nicht. Seine halblangen dunkelblonden Haare hängen vor seinem Gesicht und wippen im Takt.

Da ist sie, meine erste Chance auf einen Flirt. Ich überlege, welche Methode ich anwenden soll. Ein überraschendes Kompliment vergeben und dann weiterlaufen? Nein, dann müsste ich ja zur Schule sprinten. Vielleicht versuche ich es mit der Begründungsmethode.

Ich laufe schneller, und sobald ich mit Elmar auf einer

Höhe bin, tippe ich ihm auf die Schulter. Erschrocken dreht er sich zu mir um, bleibt stehen und nimmt einen Stöpsel aus dem Ohr.

»Guten Morgen, Elmar. Ich habe mich gefragt, was du hörst. Du hast doch bestimmt einen super Musikgeschmack. Darf ich?« Ich nehme ihm den Stöpsel aus der Hand und schiebe ihn in mein Ohr. Elmar starrt mich mit großen Augen an, aber er hält mich auch nicht auf. Kreischende Gitarren erklingen, und ein Typ schreit ins Mikro. Nicht ganz mein Fall, aber macht auf jeden Fall wach. Wir setzen uns wieder in Bewegung.

»Bist du am Samstag bei Finns Party?«, rufe ich über den Lärm hinweg.

Er nickt.

»Hoffentlich gibt es da auch gute Musik. Dann können wir miteinander tanzen.«

Elmar zuckt zusammen.

Langsam, Anna. Wahrscheinlich verpasst du Elmar gerade den Schock seines Lebens, denke ich. Der weiß ja gar nicht, wie ihm geschieht.

Als wir am Schultor angekommen sind, ziehe ich den Stöpsel aus dem Ohr und gebe ihn Elmar zurück. »Danke. Ich will mir noch schnell Kaugummis kaufen. Bis gleich!«

Elmar drückt den Stöpsel zurück in sein Ohr und geht alleine weiter zur Eingangstür. Dabei schüttelt er langsam den Kopf.

Ich mache mich auf den Weg zum Kiosk. Das lief doch ganz gut. Elmar hat zwar kein Wort gesagt, aber er ist auch nicht schreiend davongerannt. Ob das als Flirt gilt?

In der Schule habe ich erst einmal keine weitere Gelegenheit zum Flirten. Obwohl ich unbedingt üben möchte, will ich mich auf keinen Fall zum Gespött der neunten Klassen machen. Und das würde garantiert passieren, wenn ich wahllos jeden Jungen anflirten würde, dem ich begegne. Vielleicht sollte ich heute Nachmittag bei Mama und Papa in der Praxis aushelfen. Die meisten Patienten sind zwar jünger als ich, aber ab und zu schaut auch einer in meinem Alter vorbei.

Nach der Schule verabschiedet sich Carla zum Schwimmtraining. Auch Jette muss los, sie hat eine Verabredung mit ihrer Mutter. Ich mache mich also allein auf den Heimweg.

»Annabelle«, ertönt es plötzlich ein ganzes Stück hinter mir.

Ich drehe mich um und warte, bis Finn mich eingeholt hat. Wir haben fast denselben Schulweg, aber in letzter Zeit war mir überhaupt nicht danach, mit ihm zusammen nach Hause zu gehen. Doch jetzt greife ich nach jedem Strohhalm. Sollte ich versuchen, mit Finn zu flirten? Mit seiner überheblichen Art ist er definitiv nicht mein Typ – ein Flirt mit ihm würde also das entscheidende Kriterium für Manons Hausaufgabe erfüllen. Außerdem besteht bei Finn nicht die Gefahr, dass meine Zunge einfriert und ich kein Wort herausbringe. Und vielleicht kann ich sogar noch was von ihm lernen. Casanova junior übt immerhin mit fast allen Mädels unseres Jahrgangs.

»Hast du Lust auf ein Eis?«, fragt mich Finn, als er auf meiner Höhe ist. »Nach der trockenen Mathestunde brauche ich erst mal etwas Frisches.«

»Okay«, sage ich.

Finn guckt verdutzt. Wahrscheinlich hat er nicht damit

gerechnet, dass ich tatsächlich mitkomme. »Wollen wir ins ›Venezia‹?«

Gemeinsam gehen wir das kurze Stück zum Café zurück.

»Freust du dich schon auf deine Party?«, frage ich Finn. Das war jetzt noch nicht unbedingt flirty, aber immerhin freundlich. Ich muss mich erst daran gewöhnen, dass ich ihn nicht wie sonst anzicke. Beim Flirten geht es darum, sich selbst und einer anderen Person den Tag zu versüßen, hat Manon gesagt. Finn den Tag versüßen – ob ich das wohl hinbekomme?

»Ich kann es gar nicht abwarten«, sagt Finn. »Als Motto habe ich mir dieses Mal was ganz Besonderes einfallen lassen.«

»Was denn?«, frage ich.

Er schüttelt den Kopf. »Wird nicht verraten. Lass dich überraschen!«

Hoffentlich hat die Überraschung nichts mit Geschicklichkeitsspielen zu tun. Ich kann mich noch gut an Finns Geburtstagsfeier in der ersten Klasse erinnern. Zuerst habe ich mir meine neue Hose mit Eigelb bekleckert, weil Familie Jankowiak Eierlaufen vorzugsweise in der rohen Variante spielt. Und dann bin ich beim Sackhüpfen hingeflogen und habe mir die Lippe blutig geschlagen. In den Folgejahren durfte ich die Wettläufe starten – mit Trillerpfeife im Mund und ausreichend Sicherheitsabstand zur Arena.

Wir betreten das Café. Als Mario mich sieht, grinst er breit und ruft mit seinem falschen Akzent: »Ciao, Anna, wie schön, dich zu haben hier in meine Café!«

»Ciao, Mario«, antworte ich lächelnd. »Hast du heute dein berühmtes Pistazieneis für mich?«

»Si! Und wenn wäre kein Pistazieneis hier, ich hätte extra für dich gemacht.« Mario zwinkert mir verschwörerisch zu, und ich zwinkere zurück. Finn räuspert sich.

Ich entscheide mich für Pistazie und Vanille, Finn nimmt Schoko und Walnuss und besteht darauf, mich einzuladen.

Auf dem Weg nach draußen sagt Finn: »Ich wusste ja gar nicht, dass ihr beide euch so gut kennt.«

»Wir Mädels waren in letzter Zeit häufiger hier«, erwidere ich und grinse in mich hinein. Einen Flirt hat der Nachmittag zumindest gebracht.

Wir machen uns in gemächlichem Schritt auf den Heimweg. Eine Weile sagen wir nichts, sondern schlecken nur unsere Eiskugeln. Meine Gedanken schweifen zu nächstem Samstag. Ich will so umwerfend aussehen, dass mich Niklas zwangsläufig bemerken muss.

»Wenn ich das Motto deiner Party nicht kenne, kann ich mich ja gar nicht entsprechend anziehen«, versuche ich noch einmal, Finn zum Reden zu bringen.

Doch er schüttelt den Kopf. Dann sagt er aus heiterem Himmel: »Egal, was du anhast, du siehst doch immer gut aus.«

Oha! Überrascht gucke ich Finn an. Der hat das mit dem Flirten echt drauf. Kein Wunder, schließlich säuselt er den Mädels ständig Komplimente ins Ohr.

»Badesachen solltest du auf jeden Fall mitbringen«, fügt er hinzu.

Schlagartig vergeht mir der Appetit, und ich lasse meine Eiswaffel sinken. Baden! Dass Finn am Samstag baden will, hatte ich bis eben erfolgreich aus meinen Gedanken verdrängt.

Finn legt seine Hand auf meine Schulter. »Keine Sorge, Annabelle. Ich weiß, dass du nicht gern schwimmen gehst. Das habe ich bei der Planung berücksichtigt.«

Plötzlich fühle ich mich ganz klein. Ich sehe meine Chancen auf einen Flirt mit Niklas buchstäblich baden gehen. »Was soll das denn heißen?«, fahre ich Finn an. »Hast du einen Nichtschwimmerbereich für mich abgesteckt und Schwimmflügel besorgt?«

»Nein, natürlich nicht«, antwortet Finn.

Inzwischen sind wir fast bei meinem Gartentor angekommen. Ich bleibe stehen und drehe mich zu Finn um. Dann bricht es aus mir heraus: »Kannst du bitte damit aufhören, ständig über mich zu bestimmen? Du entscheidest, was mir beim Grillen am besten schmeckt, spielst im Sportunterricht meinen Aufpasser, und jetzt tust du so, als wäre ich ein Kleinkind! Du behandelst mich, als wärst du mein großer Bruder, der mir sagen muss, wo es langgeht. Darauf habe ich echt keinen Bock mehr!«

Ungläubig starrt Finn mich an.

Ich drehe mich um, drücke mit Schwung die Klinke unseres Gartentors herunter und stürme ins Haus.

Hoffentlich hat er es nun ein für alle Mal kapiert!

16

DEN GANZEN TAG über bin ich schon meganervös. Vom Mittagessen habe ich kaum etwas herunterbekommen, und Mama ist genervt, weil ich mit meinen Gedanken ganz woanders bin. Wo, ist ja wohl klar: bei Finns Party. In zwei Stunden geht's los. Ich habe überhaupt keine Lust, mit Finn zu sprechen. Gestern in der Schule bin ich ihm gezielt aus dem Weg gegangen, doch das kann ich auf seiner eigenen Geburtstagsfeier ja wohl kaum weiter durchziehen. Wenn Niklas nicht auch eingeladen wäre, würde ich glatt unter irgendeinem Vorwand absagen. Aber die Chance, mit Niklas zu flirten, will ich mir natürlich nicht entgehen lassen!

Ich stehe vor meinem Kleiderschrank und überlege, ob ich das Blümchenkleid anziehen soll, das wir auf dem Flohmarkt gekauft haben, oder lieber Jeans und T-Shirt. Welche Botschaft möchte ich senden? Chic oder lässig? Manon kann ich nicht fragen, weil sie heute frei hat und mit einem russischen Au-pair in Berlin unterwegs ist. Aber ich weiß, was sie als immer chic gekleidete Französin sagen würde. Also folge ich ihrem eingebildeten Ratschlag und streife das Kleid über. Was ich im Spiegel sehe, gefällt mir. Als ich nur einen kleinen blauen Fleck am rechten Schienbein entdecke, kann ich mein Glück kaum fassen. Eine so geringe Fleckendichte ist bei mir äußerst selten. Nach einer einzigen Fahrt mit dem Rad hab ich meist schon drei neue. Meine Haare trage ich heute ohne Reif oder Band. Ich bürste sie, bis sie glänzen, und fixiere sie mit ein bisschen Haarspray.

Gestern hat Manon uns noch ein paar Tricks gezeigt, wie wir auch mit Make-up natürlich aussehen. »Ihr wollt ja nicht rumlaufen wie Zombies«, meinte sie. Woher wusste sie nur, dass meine bisherigen Begegnungen mit Mascara und Eyeliner immer in einem Desaster geendet haben? Zum Glück hat sie mir ihre Ausrüstung hiergelassen. Passend zu meinen braunen Augen wähle ich einen dunkelbraunen Kajalstift und ziehe oben und unten einen dünnen Strich. Zum Schluss trage ich vorsichtig schwarze Mascara auf. Ich nehme extra die wasserfeste, für den Fall, dass ich um das Baden doch nicht herumkomme. Ich trete einen Schritt vom Spiegel zurück. Nicht schlecht! Das Üben gestern hat was gebracht.

Jetzt muss ich nur noch das Geschenk für Finn einpacken. Er bekommt einen selbst gebastelten Bilderrahmen aus alten CDs. Der ist ein paar Tage vor unserem Streit entstanden. Die Anleitung dafür habe ich im Internet gefunden, und Papa hat mir ein paar CDs gegeben, die er nicht mehr braucht. In dem Rahmen kann Finn, der Casanova, die Bilder seiner Eroberungen sammeln. Was ich mir beim Basteln gedacht habe, werde ich ihm so genau natürlich nicht sagen. Wenn es nach mir ginge, würde ich ihm weder etwas schenken noch mit ihm reden. Aber den Gastgeber komplett zu ignorieren, kann ich wohl nicht bringen.

Nachdem ich den Bilderrahmen eingepackt und mit einer Schleife verziert habe, stecke ich das Geschenk zusammen mit einer bunten Kritzelei von Anton in eine Tasche. Zum Glück muss ich Anton nicht mitnehmen. Mama wollte ihn mir allen Ernstes aufs Auge drücken, weil er Finn doch so gernhat. Glücklicherweise ist Papa mir zur Seite gesprungen. Finn und ich hätten wohl kaum Lust, den ganzen Nachmittag Babysitter zu spielen, meinte er. Was würde ich nur ohne Papa machen?!

Ich packe meinen Bikini und ein Handtuch ein. Ob ich mich vorm Baden drücken kann? Es werden sicher jede Menge Leute da sein, die es gar nicht abwarten können, in den See zu springen. Da fällt bestimmt niemandem auf, wenn ich nicht mitmache. Doch dann denke ich an Niklas, der definitiv als einer der Ersten ins Wasser rennen wird, und ich verschiebe die Entscheidung, ob ich baden gehe oder nicht, auf später.

Viel drängender ist ja auch die Frage, welche Flirttaktik ich bei ihm anwende. Die Methode, im Vorbeigehen ein Kompliment zu machen, funktioniert wahrscheinlich am besten bei einem Unbekannten. Dann ist der Überraschungseffekt größer. Bleiben also die Begründungsmethode und die Oder-Frage. Wahrscheinlich muss ich einfach abwarten, was besser passt. Manon würde wohl sagen: »Beim Flirten du kannst nicht alles planen, Anna!«

17

PUNKT DREI UHR stehe ich vor Finns Gartentor. Vermutlich wäre es besser gewesen, ein bisschen später aufzutauchen, wenn die Party schon in vollem Gange ist. Aber ich habe die Warterei zu Hause nicht mehr ausgehalten. Luftballons hängen links und rechts vom Weg, der um das Haus herum in den Garten führt. Ich öffne das Tor und folge der Luftballonspur. Nicht dass ich die gebraucht hätte. Das Grundstück von Familie Jankowiak kenne ich so gut wie unser eigenes. Als ich klein war, habe ich beim Versteckspielen jeden Winkel erkundet.

Ich biege um die Ecke und halte erstaunt inne. Der ganze Garten ist mit aufgeblasenen Badetieren geschmückt. Ein Krokodil und ein Delfin hängen an der Wäscheleine, und ein Hai baumelt kopfüber vom Terrassendach. Auf dem Rasen liegen Luftmatratzen in knalligen Farben. Ein Planschbecken ist mit Getränken gefüllt, in einem anderen schwimmen drei Wasserpistolen.

Es scheinen noch keine Gäste hier zu sein.

»Hallo, Anna!« Finns Mutter kommt auf mich zu und drückt mich an sich. Dann schiebt sie mich auf Armeslänge von sich weg. »Toll siehst du aus, richtig erwachsen. Finn kommt gleich. Er telefoniert gerade mit Oma.«

»Hallo, Monika!«, antworte ich und bin erleichtert, dass Finn noch nicht hier ist.

Finns Vater Klaus kommt mit einem Sack Holzkohle aus dem Haus. Nachdem er die Ladung neben dem Grill abgestellt hat, hebt er entschuldigend die schwarzen Hände und nickt mir zu. »Hallo, Anna, meine Liebe. Hast du Anton gar nicht mitgebracht?«

»Äh, nein. Er ist zum Spielen bei einem Freund eingeladen.« Hoffentlich sagt Klaus später nicht zu Mama, dass er Anton vermisst hat.

In dem Moment tritt Finn auf die Terrasse. Er trägt eine kurze Hose, ein T-Shirt mit der Aufschrift »Sweet 16« und Flip-Flops. Seine blonden Locken hängen ihm wie immer lässig in die Stirn. Als er mich sieht, verlangsamt er seinen Schritt. »Hallo, Annabelle«, sagt Finn mit einem zurückhaltenden Lächeln.

Ich gehe auf ihn zu und umarme ihn kurz. »Happy Birthday, Finn!« Monika soll auf keinen Fall merken, dass wir uns gestritten haben, sonst telefoniert sie gleich mit Mama. Dann hole ich mein Geschenk.

Finn zerreißt das Papier und zieht den Bilderrahmen hervor. Die Sonne spiegelt sich in den CDs und wirft ein Regenbogenmuster auf sein Gesicht. »Das sieht ja cool aus!«

»Darin kannst du die schönsten Momente des nächsten Jahres festhalten.«

»Danke, Annabelle«, sagt Finn und zeigt auf den Weg zum See. »Können wir kurz …?«

Bevor er den Satz beenden kann, klingelt es im Haus. Vermutlich traut sich der Gast nicht, einfach der Ballonspur zu folgen.

»Sorry …« Finn huscht ins Haus und ruft über seine Schulter: »Mama, gibst du Anna was zu trinken?«

Monika versorgt mich mit Limo, und in der nächsten Viertelstunde füllt sich der Garten langsam mit Gästen. Finns Mutter dirigiert uns zum Kuchenbüfett und ermuntert alle, kräftig zuzulangen. Ich stehe mit einem Stück Erdbeertorte auf dem Rasen, von wo ich einen guten Blick auf die Terrassentür habe. Jedes Mal, wenn es klingelt, schaue ich gespannt, wer als Nächstes im Garten auftaucht, aber Niklas war bislang nicht unter den Neuankömmlingen.

»Erwartest du jemand Bestimmten?«

Ich zucke zusammen. Ertappt! Monika mustert mich interessiert. »Äh, nein, nur Jette und Carla. Die beiden lassen sich ganz schön Zeit.«

Es klingelt wieder.

»Vielleicht sind sie das.«

Ich sehe, wie Finn im Haus verschwindet, während Monika die Gäste mit Getränken versorgt.

Auweia. Ich verhalte mich zu auffällig. Ablenkung muss her. Es kann sicher nicht schaden, wenn ich mich ein bisschen warm flirte. Natürlich nicht mit Finn! Der spielt weit über meiner Liga, wie er vorhin bei der Geschenkübergabe demonstriert hat. Inzwischen ist er zurück, Marten und Amelie im Schlepptau. Charmant prostet er Marlene zu, die prompt ihr Glas hebt und ihm ihr schönstes Lächeln schenkt.

Ich schaue mich im Garten nach einem Flirtpartner um.

Beim Gemüsebeet entdecke ich Elmar. Grinsend proste ich ihm mit meiner Limo zu, aber er dreht sich weg. Vielleicht hat er mich ja nicht gesehen. Am Kuchenbüfett stehen Finns Cousin Max und Gregor, den wir noch aus der Grundschule kennen. Flirten mit alten Bekannten? Lieber nicht. Plötzlich entdecke ich ein mir völlig unbekanntes Gesicht: ein Typ mit kurzen braunen Haaren und Sonnenbrille, der sich gerade eine Wurst vom Grill angelt.

Endlich sehe ich meine Chance gekommen. Bevor ich es mir anders überlegen kann, gehe ich auf den Typen zu, strecke meine Hand aus und versuche es mit der Begründungsmethode: »Hey, du kennst hier vermutlich kaum jemanden. Das sollten wir ändern. Ich bin Anna.«

Er schüttelt meine Hand und lächelt mich dankbar an. »Hi, ich bin Jannek. Ich kenne hier wirklich keinen außer Finn und seinen Eltern. Wir sind gerade erst nebenan eingezogen, und Finn hat mich gleich eingeladen.«

»Dann willkommen in der Nachbarschaft. Ich wohne nicht weit von hier. Finn und ich gehen in dieselbe Klasse.«

»Wenn ich gewusst hätte, dass auf Finns Schule so hübsche Mädchen sind, hätte ich mich lieber dort angemeldet.« Er grinst mich an.

Ich spüre, wie ich rot werde. Doch ich beschließe, mutig zu sein, und antworte ebenso charmant: »Wenn ich gewusst hätte, dass Finn so einen netten Nachbarn hat, wäre ich schon früher mal vorbeigekommen.« Ich grinse zurück. Geht doch!

Auf einmal trifft mich etwas Kaltes im Rücken. Jannek und ich schreien gleichzeitig auf und drehen uns um. Vor uns steht Jette mit einer Wasserpistole, neben ihr laut kichernd Carla.

»Hallo, Anna. Stellst du uns deinen neuen Bekannten vor?«, ruft Jette. Sie hat ihre Jeans in Kniehöhe abgeschnitten. Die dunkelbraune Bluse vom Flohmarkt ist am Bauch klatschnass. Carla trägt ihre neuen lila Shorts und dazu ein hellgrünes Top. Ihre Augen leuchten grau-grün.

Ich mache ein finsteres Gesicht, aber insgeheim freue ich mich, dass die Mädels endlich da sind. »Habe ich eine Wahl? Das ist Jannek, Finns neuer Nachbar. Und die beiden Spaßvögel sind Jette und Carla.«

Mit zusammengekniffenen Augen richtet Jette die Wasserpistole auf Jannek. »Hallo, Nachbar, ergibst du dich widerstandslos, oder willst du dich zu deiner Verteidigung vielleicht auch mit einer Waffe ausstatten?«

Das war ja mal eine interessante Variante der Oder-Frage.

Janek stürmt in Richtung Planschbecken davon, um sich eine Pistole zu besorgen. Ich bleibe zurück und schaue mich im Garten um. So wie ich die Ankunft von Jette und Carla verpasst habe, ist mir vielleicht auch entgangen, dass Niklas inzwischen aufgetaucht ist. Und tatsächlich: In diesem Moment tritt er durch die Terrassentür. Ich beobachte, wie er nacheinander die Gäste begrüßt.

Wie gut er wieder aussieht! Er trägt ein hellblaues T-Shirt, das sich eng an seinen Oberkörper schmiegt, dazu schwarze Shorts und Flip-Flops. Seine Haare sind raspelkurz, vermutlich war er gerade erst beim Friseur. Als er sein umwerfendes Grübchen-Lächeln aufsetzt, schmelze ich dahin.

Mir ist klar, dass mich der Mut verlässt, wenn ich zu lange warte. Also gehe ich zum Planschbecken mit den gekühlten Getränken, schnappe mir zwei Gläser und fülle sie mit eiskalter Cola. Ich werde Niklas eines davon anbieten und ihn dann in ein Gespräch verwickeln. Bei Jannek hat das doch eben auch wunderbar funktioniert.

Niklas steht mit dem Rücken zu mir. Noch drei Schritte, dann bin ich bei ihm. Noch zwei. Noch einen. Plötzlich rempelt mich jemand von hinten an, und ich sehe mit Entsetzen, wie sich die Cola in hohem Bogen aus den beiden Gläsern in meinen Händen auf Niklas ergießt, gerade als er sich zu mir umdreht. Niklas zuckt zusammen, und sein Mund öffnet sich vor Überraschung, als ihn die eiskalte Flüssigkeit trifft. Im nächsten Moment ist sein Shirt von der Schulter bis zum Bauch mit brauner Limo durchtränkt. Seine schwarzen Shorts sind vermutlich auch nass. Entsetzt starre ich ihn an und stottere eine Entschuldigung, darauf gefasst, dass er mich gleich anbrüllen wird.

Doch stattdessen lacht er laut. Er zieht sich das nasse T-Shirt mit den Fingern von der Brust und sagt: »Die Cola hätte ich zwar lieber getrunken, aber was soll's. Ich wollte sowieso gerade meine Badehose anziehen.«

18

»ES GEHT LOS!«, ruft Finn. »Alle umziehen und dann runter zum See!« Wie ich inzwischen registriert habe, war er es, der mich angerempelt hat.

Die Geburtstagsmeute jubelt. Niklas und ein paar Gäste stürmen ins Haus, um sich umzuziehen. Andere haben die Badesachen schon zu Hause untergezogen und entledigen sich nun im Garten ihrer Klamotten.

Finn ist bei mir geblieben. »Sorry, Annabelle. Ich habe dich einfach nicht gesehen. Hast du auch was abbekommen?«

»Nein, das war Jette mit der Wasserpistole«, bringe ich mühsam hervor. Finn hat mich um meine super Chance gebracht, aber das kann ich ihm natürlich nicht an den Kopf knallen. Dank seiner Tollpatschigkeit habe ich Niklas von oben bis unten mit Cola eingesaut. Wie peinlich ist das denn?! Am liebsten würde ich so schnell wie möglich verschwinden und mich irgendwo einschließen.

Finn greift nach meinem Arm und hält mich zurück. »Anna, lass uns kurz reden.« Ich schaue ihn an, sage aber nichts.

Er fährt sich mit der Hand durch die Locken. »Ich habe über das, was du gesagt hast, nachgedacht. Es tut mir leid, wenn ich dich manchmal … also, dass ich manchmal über deinen Kopf hinweg über dich bestimmt habe.« Dann schaut er mir tief in die Augen und sagt: »Glaub mir, Annabelle, deinen großen Bruder wollte ich nun wirklich nicht spielen.«

Obwohl ich ihm schon fast verziehen habe, will ich nicht so schnell klein beigeben. »Ich weiß, dass du in der siebten Klasse von meiner Mutter als Babysitter engagiert wurdest.« Nun sieht er direkt schuldbewusst aus. »Echt ein blödes Gefühl, wenn man plötzlich merkt, dass jemand nur Zeit mit einem verbringt, weil er dazu verpflichtet wurde.«

»So war das gar nicht!«, protestiert Finn. »Ich habe immer gern Zeit mit dir verbracht. Und ich möchte das auch weiter tun. Geht das, wenn ich verspreche, etwas weniger auf dich aufzupassen?« Er grinst mich verschmitzt an, aber in seinen Augen schimmert auch ein bisschen Angst, dass ich ihn abweisen könnte.

Ich lächle. »Klingt nach einem Deal.«

Plötzlich taucht Monika mit ihrem Handy in der Hand neben uns auf. »Ich habe heute noch gar kein Foto von euch beiden gemacht!«

Finn legt seinen linken Arm um meine Schultern und zieht mich an sich. »Das wird das erste Foto in meinem neuen Bilderrahmen.«

So war das Geschenk zwar nicht gedacht, schießt es mir durch den Kopf, während ich breit in die Kamera grinse, aber was soll's!

Nachdem Monika wieder verschwunden ist, hebt Finn eine gelbe Luftmatratze vom Rasen hoch und drückt sie mir in die Hand. »Die habe ich für dich reserviert.« Unsicher guckt er mich an und schiebt schnell hinterher: »Natürlich nur, wenn du willst.«

Will ich denn? Ich höre Manons Stimme in meinem Kopf: »Lass dich von so einem kleinen Malheur wie der verschütteten Cola nicht aus dem Zug werfen. Es ist doch gar nichts Schlimmes passiert.« Stimmt wohl. Niklas hat völlig cool reagiert. Vielleicht ist die Party für mich ja doch noch nicht gelaufen.

Mit einem Lächeln schnappe ich mir die Matratze, lege sie in eine Ecke und gehe zum Umziehen ins Haus. In dem Augenblick kommt Elmar fertig umgezogen aus dem Badezimmer. Als er mich sieht, hebt er sein Handtuch vor die Brust und huscht mit gesenktem Blick an mir vorbei. Was soll das denn? Egal. Damit kann ich mich jetzt nicht auch noch befassen.

Ich ziehe die Badezimmertür hinter mir zu und drehe den Schlüssel um. Dann streife ich meine Klamotten ab, schlüpfe in den Bikini und binde meine Haare zu einem Zopf. Mein Blick fällt auf den Spiegel hinter der Tür. Der bunt gestreifte Bikini steht mir gut, auch ohne Sommerbräune. Wenn ich mich im Wasser nur nicht so blöd anstellen würde, wäre das gemeinsame Baden die ideale Gelegenheit, mit Niklas zu flirten. Ich könnte mit ihm um die Wette schwimmen, ihn necken, indem ich ihm Wasser ins Gesicht spritze, und überhaupt jede Menge Spaß haben. Stattdessen muss ich zusehen, dass ich nicht ertrinke. Ich atme tief ein und sage zu meinem Spiegelbild: »Anna, du schaffst das!«

Als ich unten am Steg ankomme, sind schon alle im Wasser. Ich klettere langsam die Leiter hinunter. Der See ist noch ziemlich kalt, aber ich lasse mir nichts anmerken. Als ich bis zum Hals drin bin, ziehe ich die Luftmatratze vom Steg zu mir herunter und nutze sie als Schwimmhilfe. Wie ein Surfer lege ich mich bäuchlings drauf und bewege mich mit den Armen paddelnd vorwärts, um Abstand zum Steg zu gewinnen. Der wird nämlich als Absprungplattform genutzt, und ich möchte nicht zur Zielscheibe für Arschbomben werden.

Ich beobachte die anderen beim Springen und Schwimmen. Niklas kann ich nicht entdecken, der krault wahrscheinlich mal eben über den See.

Plötzlich taucht Niklas direkt neben meiner Matratze auf. Ich erschrecke mich so sehr, dass ich auf der anderen Seite ins Wasser plumpse. Während ich mich nach oben kämpfe und mir dabei alles andere als sexy vorkomme, meint er grinsend: »Ich dachte, jetzt kann ich mich dir ohne Furcht nähern, ich bin ja schon komplett nass.«

Er macht sich zwar lustig über mich, aber immerhin hat er mich angesprochen. Vorhin konnte ich mich gar nicht entschuldigen. Das muss ich schnell nachholen. »Niklas, es tut mir so leid! Ich hoffe, die Flecken in deinen Klamotten gehen wieder raus.«

»Ach, klar. Mach dir mal keine Sorgen.«

Dankbar lächele ich ihn an und überlege fieberhaft, was ich tun kann, damit er noch etwas bei mir bleibt.

Doch bevor ich den Mund aufmachen kann, stürzt sich Finn auf Niklas. »Du hast Annabelle von ihrer Matratze geschubst, dafür wirst du büßen.« Mit voller Kraft taucht er Niklas unter. Weil er dabei laut lacht, weiß ich zumindest, dass er ihn nicht umbringen wird.

Schnell kämpft sich Niklas wieder nach oben, prustet und

drückt nun Finn unter die Oberfläche. Unter lautem Gegröle jagen die beiden durchs Wasser. Bald machen auch andere Jungs mit, und im Handumdrehen ist eine große Wasserschlacht im Gange. Ich habe zu tun, nicht zwischen die Fronten zu geraten. Obwohl ich nicht übel Lust hätte, Finn selbst unter Wasser zu drücken, weiß ich doch, dass ich keine Chance hätte, mich auf diese Weise an ihm zu rächen.

Warum muss er auch immer im falschen Moment auftauchen?

19

»DEIN FREUND hat sein Handy bei dir vergessen. Was machst du?«, liest Jette vor.

Wir liegen auf einer Decke am See. Es ist nicht so warm wie gestern bei Finns Party, aber mit langer Hose und Sweatshirt ist es auszuhalten. Jette hat in einer Frauenzeitschrift, die ich aus der Praxis meiner Eltern geklaut habe, einen Psychotest entdeckt. Damit können wir klären, wie viel von einem Stalker in uns steckt.

Jette klickert mit dem Kugelschreiber und liest weiter: »Antwort A: Ich bewahre es für ihn auf, ohne einen näheren Blick darauf zu werfen. Antwort B: Wenn jemand anruft oder schreibt, checke ich auf dem Display den Namen. Antwort C: Ich nutze die Gelegenheit, mal in Ruhe seine Nachrichten zu lesen.«

»A«, sagt Carla.

»Bei mir eher B«, antworte ich.

»Auch B. Das Handy überhaupt nicht zu beachten, wäre ein bisschen zu viel verlangt«, sagt Jette und schreibt ein C für Carla vor die erste Antwort und ein J und ein A vor die zweite Antwort.

Carla protestiert: »Wie könnt ihr nur? Das ist doch ganz klar ein Vertrauensbruch!«

»Ich gehe davon aus, dass er es auch so machen würde«, antwortet Jette. »Seine Nachrichten lesen würde ich natürlich nicht.«

Wir gehen die nächsten Fragen durch und geben Auskunft darüber, ob wir Leute online auschecken, wie sehr wir unserem Freund vertrauen würden, wenn er allein auf eine Party ginge, und wie gern wir tratschen.

Dann werfen wir einen Blick auf die Auswertung. Bei Carla heißt es: »Respekt, Stalken scheint dir echt fremd zu sein. Du achtest die Privatsphäre anderer Leute und vertraust ihnen.« Jette und ich landen beide in der mittleren von drei Kategorien. Bei uns steht: »Du hast deinen Mitmenschen gegenüber meist ein gesundes Vertrauen und wirst nur in seltenen Fällen zum Stalker.«

Jette legt den Stift beiseite und dreht sich auf den Rücken. »Die Beschreibung trifft es ganz gut, oder?«, sagt sie.

»Ohne Freund gibt es sowieso keinen Grund zum Stalken«, sage ich und bedauere das fast ein wenig. »Und bei uns dreien bringt Spionage auch nichts. Wir erzählen uns ja sowieso alles.«

Inzwischen habe ich den beiden natürlich haarklein von meiner kurzen Begegnung mit Niklas beim Baden berichtet, und Carla und Jette haben erzählt, wie ihre Flirtübungen verlaufen sind. Nach der Wasserpistolenschlacht mit Jannek hatte sich Jette länger mit Finns Cousin unterhalten. Carla hatte sich getraut, meinen Grundschulfreund Gregor anzusprechen. Sie war mächtig stolz auf diesen Erfolg.

»Ich kann sowieso nichts für mich behalten. Da würde ich platzen«, ruft Jette.

Carla nickt, scheint mit ihren Gedanken aber ganz woanders zu sein.

»Hey, Carla, denkst du gerade an ein großes Geheimnis, von dem du uns noch nichts erzählt hast?«, bohrt Jette breit grinsend nach.

Bevor Carla antworten kann, fällt mein Blick auf einen Typen, der zusammen mit einem Mädchen am See entlangspaziert, und ich zische: »Guckt mal, da ist Niklas!«

Jette und Carla schauen in dieselbe Richtung wie ich. In diesem Moment sieht er uns. Er lächelt, hebt einen Arm und winkt. Mechanisch winke ich zurück.

Meine Gedanken überschlagen sich. Wer ist das? Ist das seine Freundin? Oder ist Niklas in diesem Augenblick dabei, sich in sie zu verlieben? Haben die beiden vielleicht gerade ihr erstes Date? Das Mädchen ist schätzungsweise so alt wie wir, besucht aber nicht unsere Schule. Sie hat blondes langes Haar, das offen über ihren Rücken fällt, und ein hübsches Gesicht. Die beiden gehen dicht nebeneinander. Sie ist einen Kopf kleiner als Niklas. Auch wenn sie nicht Hand in Hand oder Arm in Arm laufen, wirken die beiden doch sehr vertraut. Das Mädchen schaut zu ihm auf, sagt etwas, und er lacht. Mir wird schlecht.

»Wisst ihr, wer das ist?«, frage ich und merke, wie meine Stimme zittert.

Jette zuckt mit den Schultern, Carla schüttelt den Kopf.

Niklas und seine Begleitung verschwinden aus unserem Blickfeld.

Verzweifelt packe ich Carla am Arm. »Du musst mir helfen!« Sie guckt mich fragend an. »Du kennst Niklas am besten von uns dreien. Bitte, finde beim nächsten Schwimmtraining heraus, ob er eine Freundin hat«, flehe ich sie an.

»Wie stellst du dir das denn vor?«, ruft Carla erschrocken. »Ich werde ihn ganz sicher nicht danach fragen!«

»Dann musst du es irgendwie anders hinbekommen. Bitte! Ich habe keine ruhige Minute mehr, bis ich weiß, was zwischen Niklas und diesem Mädchen läuft.«

»Der Test hat doch gezeigt, dass ich mich nicht zum Stalken eigne!«

»Der Test hat nur ergeben, dass du aus moralischen Gründen nicht stalkst, aber nicht, dass du dafür nicht geeignet bist.« Ich versuche mich in einem Bambi-Blick. Zu irgendetwas müssen meine braunen Augen ja gut sein.

Carla seufzt laut. »Okay, Anna, ich schaue, ob ich etwas herausfinde, aber ich verspreche nichts.«

Dankbar lächele ich Carla an.

20

GESTERN ABEND war endlich Schwimmtraining. Carla hat mir zwar schon per WhatsApp gesagt, dass sie nichts herausgefunden hat, aber ich will es genau wissen und noch vor dem Unterricht mit ihr sprechen. Ungeduldig warte ich an der Straßenbahnhaltestelle auf Carla und Jette. Endlich kommt die Bahn, und die beiden steigen aus. Wir umarmen uns zur Begrüßung und machen uns auf den Weg zur Schule.

Dann kann ich nicht länger an mich halten: »Nun erzähl schon!«

»Aber ich habe dir doch schon geschrieben, dass ich keine Ahnung habe, ob das seine Freundin war.«

»Ich weiß, ich weiß. Mich interessiert, was er genau gesagt hat.«

Carla verdreht die Augen. »Also gut. Nach dem Training stehen wir meistens alle noch ein paar Minuten zusammen vor der Halle und quatschen. Da habe ich Niklas gefragt, wie denn sein Wochenende noch so war.«

»Und?«, unterbreche ich sie ungeduldig.

»Er hat nur gesagt, dass sein Sonntag eher ruhig verlaufen ist. Und dann hat er das Gespräch auf die Party gelenkt.«

»Mist!«

»Warum hast du ihn nicht direkt gefragt, wer das Mädel war?«, hakt Jette nach.

»Das hätte doch so ausgesehen, als wäre ich eifersüchtig!«

Wo Carla recht hat, hat sie recht. Ich lege meinen Arm um ihre Schultern und drücke sie. »Danke, dass du versucht hast, ihn auszuquetschen.«

Als wir auf den Schulhof einbiegen, sehe ich, wie Niklas sein Fahrrad anschließt. Sophie und Aishe stehen daneben und warten auf ihn. Als er fertig ist, lächelt Sophie ihn breit an, während sie ihre Brust herausdrückt, und Aishe streicht sich immer wieder durch ihr langes schwarzes Haar.

Diese Szene macht mir schlagartig klar: Selbst wenn Niklas momentan keine Freundin hat, sollte ich mich nicht in Sicherheit wiegen. Entweder ich werde aktiv, oder es besteht akute Gefahr, dass er in ein paar Wochen mit einer anderen im Arm über den Schulhof schlendert.

Beim Sportunterricht am Nachmittag sehe ich meine Chance gekommen. Nachdem wir bei Finns Party ja immerhin ein paar Worte gewechselt haben, wird es doch nicht so schwer sein, ein Gespräch mit ihm anzufangen. Ich fasse den Plan, Niklas noch vor der Stunde abzufangen, am besten dann, wenn er aus der Umkleide kommt.

Carla und Jette haben gerade einmal ihre Straßenschuhe abgestreift, da habe ich schon meine Sportklamotten an und eile raus in den Flur, der beide Umkleideräume mit der Turnhalle verbindet. Ich hocke mich an die Wand und halte Ausschau.

Tom und Leon sind die Ersten, die den Flur entlang in die

Halle schlendern. Sie beachten mich nicht weiter. Um nicht aufzufallen, tue ich so, als müsste ich meine Schnürsenkel zubinden. Als sich die Tür zur Jungenumkleide ein zweites Mal öffnet, kommt tatsächlich Niklas heraus. Er ist allein. Wäre er in Begleitung gewesen, hätte ich eine Ausrede gehabt, aber so verbiete ich mir das Kneifen.

Niklas' Turnschuhe leuchten in nagelneuem Neongrün, was mir schon in der letzten Sportstunde aufgefallen ist.

Ich stehe auf, lächele und sage: »Hi, Niklas. Coole Schuhe! Hast du einen Shopping-Tipp für mich? Meine Sportschuhe fallen bald auseinander.«

Niklas bleibt stehen. »Die Schuhe hat mir mein Onkel aus den USA mitgebracht. Ich fürchte also, dass ich dir da nicht weiterhelfen kann.« Er grinst sein schiefes Grübchengrinsen.

»Oh, okay, alles klar«, stammele ich, ohne zu wissen, was ich als Nächstes sagen soll.

Schweigend gehen wir das kurze Stück zusammen in die Turnhalle. Dort angekommen, joggt Niklas quer durch die Halle zu Tom und Leon.

Ich fühle mich, als wäre ich der letzte Depp. Warum schaffe ich es nicht, mehr als einen Satz mit Niklas zu wechseln? Er weiß nicht, wo ich coole Sportschuhe kaufen kann? Und wennschon! Dann hätte ich das Gespräch eben auf etwas anderes lenken müssen. Bloß worauf? Höchste Zeit für die nächste Flirtstunde, denke ich, während ich mich durch den Sportunterricht quäle.

21

MANON STARTET DIE STUNDE mit einer Aufgabe: »Überlegt euch bitte, welche Themen sich gut eignen für einen Flirt und welche nicht so gut. Macht eine Liste.«

Sportschuhe eignen sich anscheinend nicht so gut, denke ich. Und verschüttete Cola ist irgendwie auch ein Gesprächskiller. Ich unterteile mein Blatt in zwei Spalten und schreibe beides in die linke Spalte unter der Überschrift »Ungeeignete Themen«. Was hat denn bislang funktioniert? Auch wenn Elmar nicht wirklich mit mir über seine Musik geredet hat, bot sie doch ein relativ unverfängliches Thema. Ich notiere also »Musik« in der rechten Spalte. Mit Jannek hatte ich über unsere Schulen gesprochen, allerdings hatten wir das Thema nur gestreift. Trotzdem schreibe ich »Schule« unter »Musik«.

Manon erhebt sich und nimmt ein Stück Kreide in die Hand. »Alors, welche Themen eignen sich gut zum Flirten?«

»Ich dachte, Komplimente zur Kleidung wären ein guter Einstieg, aber heute hat das gar nicht geklappt«, gestehe ich kläglich und erzähle ihr von meinem gescheiterten Flirt mit Niklas.

Als ich fertig bin, lächelt mich Manon an. »Anna, deine

Frage nach den Schuhen war super. Du hättest dich nur nicht so aus die Konzept bringen lassen dürfen, sondern ihn zum Beispiel fragen können, ob er auch schon mal war in den USA.«

In Gedanken haue ich mir mit der flachen Hand an die Stirn. Das klingt so naheliegend! »Darauf bin ich in dem Moment einfach nicht gekommen. Mein Kopf war leer!«

Manon macht eine wegwerfende Handbewegung. »Mit jedem Flirt du bekommst mehr Routine. Du wirst sehen: Wenn du weiter übst, fallen dir gute Fragen oder witzige Kommentare bald auch mitten im Flirt ein.«

Ob das Flirten bei mir jemals so locker-flockig laufen wird? Aber dann denke ich daran, dass ich vor einigen Wochen auf dem Schulhof nur ein krächzendes Dankeschön herausgebracht habe, als Niklas mein Gloss aufgehoben hat. Verglichen damit lief das Gespräch vor den Umkleiden doch richtig gut. Ich habe mich zumindest nicht zum Narren gemacht. Manon hat recht, ich muss einfach dranbleiben und darf auf keinen Fall aufgeben.

»Wir hätten also Kleidung und Urlaub als geeignete Themen. Was heißt das auf Französisch?«

»Vêtements und vacances«, antwortet Carla.

»Oui.« Manon schreibt beides an die Tafel. Nach dem Zwischenfall mit Anton sind wir noch vorsichtiger geworden. Zum Glück ist er heute zum Spielen bei Janosch. Küchentür und Fenster sind zu, damit meine Eltern nichts aufschnappen können, und an die Tafel schreiben wir sicherheitshalber nur französische Wörter.

»Was fällt euch noch ein?«

»Hobbys«, sagt Jette. »Auf Finns Party habe ich mich mit seinem Nachbarn übers Kite-Surfen unterhalten. Das hat er letzten Sommer an der Ostsee gelernt. Da kam er richtig ins Schwärmen.«

Manon nickt. »Sehr gut! Hobbys funktionieren meistens.«

Wir sammeln weiter, und am Ende steht an der Tafel:

LEÇON 4:

Sujets pour une conversation:

- Les vêtements (Kleidung)
- Les vacances (Ferien/Urlaub)
- Les hobbies (Hobbys)
- La musique/les films/les livres (Musik/Filme/Bücher)
- Le plat favori (Lieblingsessen)
- La profession désirée (Berufswunsch)

Manon malt ein Smiley neben die Liste. »Das sind Themen, die eurem Flirtpartner ein Lächeln ins Gesicht zaubern.«

»Wie ist es mit der Schule? Sollten wir darüber lieber nicht reden?«, frage ich.

»Das kommt darauf an«, antwortet Manon. »Wenn die Themen machen schlechte Laune, wie Tests, nervende Lehrer und blöde Fächer, dann lieber nicht. Aber positive Dinge aus der Schule gehen natürlich.«

»Da fällt mir gerade gar nichts ein«, sagt Jette und verdreht die Augen.

Wir lachen.

22

DIE REGENTROPFEN prasseln gegen mein Fenster, und ich starre nach draußen. Warum muss das Wetter ausgerechnet zum Wochenende umschlagen? Leider sind die Mathehausaufgaben vor mir ein denkbar schlechtes Mittel, um meine Laune zu heben. In einem Anfall von Tatendrang habe ich mich vorhin an den Schreibtisch gesetzt. Ich dachte, es wäre besser, die verhassten quadratischen Funktionen noch vor dem Mittagessen zu berechnen, damit ich den Rest des Wochenendes freihabe.

Ich starre auf die Seite im Lehrbuch, die wir bis Montag durchgearbeitet haben müssen, und verstehe nur Bahnhof. Auch beim zweiten Lesen wird nichts klarer. Meine letzte Hoffnung in solchen Fällen ist Jette. Ich schnappe mir das Tablet, das ich mir vorhin heimlich von Papa geliehen habe, und skype sie an.

Jette antwortet sofort: »Hey, Anna, du siehst aus, als hättest du in eine Zitrone gebissen.« Sie liegt mit ihrem Laptop auf dem Bett.

»Mathe«, sage ich nur.

Jette nickt wissend.

»Hast du dir die Hausaufgaben schon angesehen?«, frage ich.

»Soll ich dir die Lösungen schicken?«

Erleichtert atme ich aus. »Das würde dich schlagartig zu meiner Lieblingsfreundin machen.«

Jette grinst. »Ich wusste, dass du dich nur mit mir abgibst, weil ich so ein Mathe-Ass bin.«

»Stimmt«, grinse ich zurück.

Mit dem Handy macht Jette Fotos von ihrem Mathehefter und schickt mir die Bilder.

»Wie war's gestern im ›Venezia‹?«, frage ich. Ich musste nach der Schule direkt zur Kita, um Anton abzuholen. Manon hatte einen Arzttermin, und Mama bat mich einzuspringen. Daher konnte ich Carla und Jette nicht begleiten.

»Sehr gut«, entgegnet Jette, und ihr Gesicht leuchtet. »Die neue Aushilfe, die mit Mario diesen Sommer den Laden schmeißt, ist der Hammer. Er ist etwa achtzehn, groß, blond und mit einem Lächeln, da schmilzt das Eis selbst in der Kühltruhe, sage ich dir.«

Ich ziehe die Augenbrauen hoch. »Und? Hast du mit ihm geflirtet?«

»Ich habe alles gegeben! Als wir gegangen sind, hat er gefragt, ob wir mal wieder vorbeikommen.«

Plötzlich schaut Jette zur Tür.

»Kommst du?«, höre ich ihre Mutter rufen.

»Ich muss Schluss machen, Anna. Es geht los.«

Jettes Familie fährt nach Oranienburg zu ihrer Oma.

»Bleibt ihr bis morgen?«, frage ich, und Jette nickt. »Grüß schön!«, rufe ich noch, bevor Jette die Verbindung trennt.

Ich schlage mein Mathebuch zu und schaue auf die Uhr. Halb eins. Bestimmt gibt es gleich Essen. Schnell wähle ich noch Carlas Nummer. Sie klingt etwas außer Atem, als sie mich begrüßt.

»Was machst du gerade?«, frage ich.

»Ich warte, dass die Dusche frei wird. Papa und ich waren in der Märkischen Schweiz Rad fahren.«

Sport an einem verregneten Samstagvormittag! Auf so eine Idee kann echt nur Familie Hoffmann kommen.

»Hast du Lust, nachher bei mir vorbeizuschauen?«, frage ich. »Mama hat Erdbeerkuchen gebacken.«

»Klingt gut.«

»15 Uhr?«

»Okay, bis später.«

Ich lege auf.

Mit Kuchen kriegt man Carla immer. Bei Hoffmanns zu Hause gibt es nur Kuchen, wenn sie selbst einen anrührt. Ihr Vater kocht ganz passabel, aber fürs Backen hat er nichts übrig. Überhaupt muss Carla viel mehr im Haushalt machen als ich. Das liegt natürlich auch daran, dass wir Manon haben, die uns hilft. Mein Zimmer muss ich trotzdem allein sauber halten, und zum Küchendienst teilt mich Mama auch regelmäßig ein. Ich würde sonst denken, es sei normal, dass jemand anders den Haushalt erledigt, sagt sie.

Die Glocke läutet – das Signal dafür, dass wir uns schleunigst am Esstisch einfinden sollten, wenn wir nicht Mamas Unmut auf uns ziehen wollen.

Ich öffne meine Zimmertür und schnuppere. Es riecht nach Buletten mit Kartoffelbrei. Hin und wieder bringt Mama Manon ein typisch deutsches Gericht bei – von den wenigen, die sie selbst kochen kann. Mein Magen knurrt, und ich eile die Treppe hinunter.

Carla und ich hocken im Schneidersitz auf dem Fußboden und schaufeln Erdbeerkuchen in uns hinein. Im Hintergrund läuft das neue Album von Taylor Swift. Es nieselt immer noch. Vernünftigerweise hat Carla die Straßenbahn genommen und ist nicht mit dem Fahrrad durch den Regen gefahren.

Ich zerteile eine besonders große Erdbeere mit der Kuchengabel und frage: »Wie lief es denn gestern Abend beim Schwimmtraining?«

Sofort sehe ich Niklas vor mir. Mit einer eleganten Bewegung springt er vom Startblock kopfüber ins Wasser. Wie so oft wünsche ich mir, an Carlas Stelle zu sein und zweimal in der Woche mit ihm trainieren zu können.

»Ich habe geflirtet«, sagt Carla.

Plötzlich taucht Carla in ihrem roten Badeanzug direkt neben Niklas am Beckenrand auf und lächelt ihn an. Vor Schreck verschlucke ich mich an dem Kuchenstück, das ich mir gerade in den Mund geschoben habe, und muss husten. Besorgt sieht Carla mich an und haut mir sachte auf den Rücken. Ich trinke einen Schluck Eistee.

»Mit wem denn?«, frage ich, als ich wieder sprechen kann.

»Mit Alex. Der hatte gestern seinen ersten Tag im Verein.«

Ich schäme mich für mein Misstrauen. Carla würde nie mit Niklas flirten, wo sie doch weiß, dass ich auf ihn stehe.

»Cool. Wie sieht er denn aus?«

»Er hat kurze braune Haare und trägt eine Brille. Beim

Schwimmen natürlich nicht, aber als wir uns gestern nach dem Training noch alle vor der Halle getroffen haben, hatte er eine auf. Er ist ungefähr so groß wie ich.«

»Und was hast du zu ihm gesagt?«, frage ich gespannt.

Carla zuckt mit den Schultern. »Wir kamen gleichzeitig aus den Umkleideräumen in die Halle, und ich habe mich ihm vorgestellt.«

»Und dann?«, bohre ich weiter. Warum lässt sich Carla bloß immer alles aus der Nase ziehen?

»Er hat erzählt, dass er wegen einer Knieverletzung ein Jahr nicht trainieren konnte. Nun wollte er einen Neustart und hat deshalb den Verein gewechselt.«

Ich stöhne innerlich auf. »Hat er interessiert gewirkt?«

»Er hat mich auf jeden Fall angelächelt«, antwortet Carla. »Aber vielleicht war er auch einfach nur froh, dass ihn jemand begrüßt hat.« Sie zuckt wieder mit den Schultern.

»Du hast auf jeden Fall den ersten Schritt gemacht. Das ist doch toll!«

Carla nickt und lächelt. »Ich habe übrigens noch was herausgefunden«, sagt sie.

»Was denn?«

»Ich glaube nicht, dass Niklas eine Freundin hat.«

Ich gucke Carla mit großen Augen an und frage mich, warum sie die Infos, die mich am meisten interessieren, so ganz nebenbei fallen lässt. »Wie kommst du darauf?«, frage ich ungläubig.

»Nach dem Schwimmtraining haben sich die Jungs über ihre Pläne fürs Wochenende unterhalten. Ich war das einzige Mädchen in der Runde, weil die anderen noch mit dem Föhnen ihrer Haare beschäftigt waren.« Grinsend fährt Carla sich mit der Hand durch die kurzen Strähnen. »Kai, Timo und Marten erzählten alle nacheinander, dass sie etwas mit ihren Freundinnen unternehmen wollten. Daraufhin sagte Robin scherzhaft, die drei stünden ja ganz schön unterm Pantoffel. Niklas hat sich rausgehalten.«

»Wieso schlussfolgerst du daraus, dass er keine Freundin hat?«, will ich wissen.

»Na ja, wenn er eine hätte, hätte er doch bestimmt gesagt, dass sie sich am Wochenende treffen. Oder falls das nicht geht, hätte er so etwas sagen müssen wie: ›Ihr habt's gut! Ich kann meine Freundin leider nicht sehen, weil sie 400 Kilometer weit weg wohnt.‹«

Hätte er das wirklich? Ich möchte Carlas Theorie nur zu gern Glauben schenken, doch in meinem Kopf formt sich ein großes Aber.

»Vielleicht hat er auch einfach nur nichts gesagt, weil er ein Kerl ist«, gebe ich schweren Herzens zu bedenken.

Carla, Tochter eines wortkargen Vaters, weiß genau, wovon ich rede. »Ja, diese Möglichkeit müssen wir wohl oder übel auch in Betracht ziehen«, sagt sie seufzend.

Manon hat ihren freien Tag und ist noch unterwegs, sodass wir nur zu viert am Abendbrottisch sitzen. Friedlich kaut Anton an seiner Käsestulle, und auch Mama und Papa machen einen entspannten Eindruck. Sieht aus wie ein günstiger Zeitpunkt, um meine Urlaubspläne anzusprechen. Ich kann schwer einschätzen, wie sie auf meinen Vorschlag reagieren. Unsere Familie verreist gern, aber ich bin noch nie allein in den Urlaub gefahren. Natürlich war ich schon mal im Ferienlager und auf Klassenfahrt, aber da waren ja immer Betreuer dabei.

Um eine gute Basis für die Verhandlungen mit meinen Eltern zu schaffen, beginne ich mit den positiven Referenzen, die ich vorzuweisen habe: »Als ihr mich neulich übers Wochenende allein zu Hause gelassen habt, weil ich nicht mit zu Onkel Gerhard kommen wollte, da war ich doch überaus verantwortungsbewusst, oder?«, frage ich meine Eltern.

Misstrauisch guckt Mama mich an. Sie ahnt wahrscheinlich, dass ich nicht einfach nur über gute alte Zeiten reden möchte.

»Ich habe keine Party veranstaltet und auch sonst das Haus nicht verwüstet, und ich bin jeden Abend pünktlich zu Hause gewesen.« Was meine Eltern genau wissen, weil sie meine Anwesenheit durch unangekündigte Anrufe auf dem Festnetztelefon überprüft haben.

»Ja, es lief alles bestens«, bestätigt Papa arglos.

»Dann wäre es doch jetzt an der Zeit für den nächsten Schritt auf meinem Weg zu einer selbstständigen jungen Frau.«

»Oh, du möchtest dir einen Ferienjob suchen«, ruft Mama erfreut.

Na toll! Es wird Zeit, dass ich die Katze aus dem Sack lasse, bevor Mama Gefallen an der Idee findet, ich könnte zum Familieneinkommen beitragen. »Ich möchte in den Ferien mit Jette und Carla an der Ostsee zelten. Wir haben schon alles recherchiert: Bahnverbindung, Campingplatz, was das alles kostet. Jettes Schwester leiht uns ihr Zelt, und wir drei haben genug gespart, um alles selbst bezahlen zu können.«

Mama und Papa schauen sich an. Dann sagt Papa: »Deine Mutter und ich müssen das in Ruhe besprechen.«

Ich grinse zufrieden.

»Das ist noch kein Ja«, fügt Papa hinzu.

Aber auch kein Nein, denke ich.

23

ICH SITZE IM OPEL von Familie Jankowiak. Klaus fährt, Monika gibt ihrem Mann Tipps, wie er ihrer Meinung nach noch besser fahren könnte, und Finn hockt neben mir auf der Rückbank. Nicht meine Traumvorstellung von einem Sonntag, aber die beiden Alternativen waren noch schlimmer. Ich hätte entweder alleine zu Hause bleiben können, was ziemlich langweilig geworden wäre, weil weder Jette noch Carla heute Zeit haben. Oder ich hätte mit meinen Eltern, Manon und Anton in unserem Auto fahren und eine Stunde Benjamin Blümchen beim Quatschen zuhören können. Töröőö – nein, danke!

Heute Morgen schien die Sonne so verlockend auf unseren Frühstückstisch, dass Mama kurzerhand Monika angerufen hat, um einen gemeinsamen Ausflug in den Spreewald vorzuschlagen. Manon war ganz aufgeregt. Von dem Netz aus kleinen Kanälen hatte sie in ihrem Brandenburg-Reiseführer gelesen. Total romantisch sei es dort. Als ich das letzte Mal da war, muss ich etwa in Antons Alter gewesen sein. Ich kann mich jedenfalls nur noch dunkel an jede Menge Wasser und eine Kahnfahrt erinnern.

Klaus fährt auf die Autobahn, ganz so, wie es ihm das Navi und Monika sagen. Ich starre auf die dünnen Kiefern, die vor meinem Fenster vorbeisausen, und frage mich, ob eine Fahrt durch die Kanäle nicht genauso langweilig wird wie ein Nachmittag allein zu Hause auf der Hollywoodschaukel.

»Hey, Annabelle, hast du Mathe schon gemacht?«, reißt mich Finn aus meinen Gedanken.

Ich drehe mich zu ihm um und nicke. Er guckt mich mit hochgezogenen Augenbrauen an.

»Okay, okay«, seufze ich. »Jette hat die Aufgaben gelöst und mir die Ergebnisse geschickt.«

Er grinst. »Hätte mich auch sehr gewundert, wenn du plötzlich zum Mathe-Crack mutiert wärst.«

Ich grinse zurück. Genau wie Finn stehe ich in Mathe auf Drei. Wenn ich mir mehr Mühe geben und Nachhilfeunterricht nehmen würde, hätte ich sogar eine Chance auf eine Zwei. Aber mir fehlt einfach das Verständnis dafür, wozu ich quadratische Funktionen und den ganzen anderen Mist, den wir im Matheunterricht lernen, später mal brauchen werde. Ich weiß zwar noch nicht, was ich beruflich machen möchte, aber mit Mathe wird es garantiert nichts zu tun haben. Dass es auch mit Sport nichts zu tun haben wird, ist sowieso klar.

»Lass uns bitte nicht über Mathe reden«, sage ich. »Ich will mir den Sonntag nicht damit verderben, an die Schule zu denken.«

»Guter Plan.« Finn reicht mir einen Ohrstöpsel. »Willst du mithören?«

Ich drücke den Stöpsel in mein linkes Ohr und erkenne K.I.Z.

Kaum hat Klaus auf dem Parkplatz in Lübbenau gehalten, reißt Anton Finns Tür auf. »Los, beeilt euch. Sonst sind gleich alle Boote weg!« Finn schafft es gerade noch, die Kopfhörer in seine Hosentasche zu stopfen, bevor ihn Anton aus dem Auto zieht.

»Wer zuerst an der Anlegestelle ist!«, ruft Finn und stürmt davon.

Sofort flitzt Anton hinterher. Das muss ich Finn lassen: Mit Anton gibt er sich echt Mühe. Mein Bruder scheint ihm nie lästig zu sein, immer hat er Zeit, mit ihm zu spielen oder zu toben. Dafür ist Finn Antons ungeteilte Bewunderung sicher. Für seinen großen Freund lässt Anton alles stehen, mich eingeschlossen. Finn und ich waren immer froh, dass wir einander zum Spielen hatten. Das Leben als Einzelkind kann ganz schön langweilig sein – und frustrierend, wenn alle um einen herum nur über Erwachsenenkram reden. Mein Bruder hat es als Nachzügler allerdings auch nicht leicht. Bei einem Altersunterschied von zehn Jahren bin ich als Spielkamerad nicht mehr interessant für ihn. Nur bei Finn macht er eine Ausnahme.

Ich gehe mit den anderen runter zum Wasser. Antons Sorge war unbegründet. Im Kanal reiht sich ein Kahn an den anderen, und mehrere Kapitäne wollen uns mitnehmen. Finn tut so, als würde er Anton ins Wasser schmeißen wollen. Mein Bruder wehrt sich und quiekt dabei vor Vergnügen.

»Que c'est beau!«, jauchzt Manon. »Der kleine Fluss und die süßen Boote!«

Die Kähne sind mit Holzbänken ausgestattet. Zwei Bänke und ein Tisch bilden jeweils eine Art Abteil. Bunte Decken sind über die Lehnen und Sitzflächen gespannt. Nur ganz vorne und ganz hinten, dort, wo der Kahn am schmalsten ist, stehen kleinere Bänke ohne Tisch. Ich schätze mal, dass etwa zwanzig Leute auf so einen Kahn passen.

Unsere Eltern beraten sich und wählen eine Tour nach Lehde und zurück. Der Kahn, mit dem wir fahren sollen, ist schon fast voll. Nur noch eine Sechser-Sitzgruppe mit Tisch und eine Zweier-Bank ganz vorne sind frei.

Natürlich klettert Anton als Erster in den Kahn. Manon springt hinterher. Sie setzen sich einander gegenüber an die Tischgruppe, denn beide wollen unbedingt außen sitzen, um den besten Blick zu haben. Mama, Papa, Monika und Klaus steigen als Nächstes ein. Ich bin nicht enttäuscht, dass ich den aufgeregten Anton nicht vorm Ertrinken bewahren muss, aber nun bleibt Finn und mir nur noch die Einzelbank. Finn lässt mir den Vortritt.

Als alle sitzen, begrüßt uns Fährmann Peter. Er trägt eine schwarze Hose mit weißem Hemd und eine Kapitänsmütze. In den Händen hält er einen langen Holzstab, mit dem er uns durch die Fließe staken wird, wie er erklärt. Dazu steht er ganz hinten im Kahn. Peter scheint von der gesprächigen Sorte zu sein. Kaum haben wir abgelegt, sagt er: »Die Rettungswesten sind unter dem Kahn, damit Sie rankommen, wenn wir umkippen.« Dann lacht er über seinen eigenen Witz.

Gut, dass ich am anderen Ende sitze. So kann ich einigermaßen ungestört von dem Geplapper des Fährmanns die wunderschöne Landschaft genießen. Wir gleiten über ein nur wenige Meter breites Fließ. Links und rechts am Ufer ist alles grün. Birken und Kastanien spiegeln sich in der Wasseroberfläche. Ab und an fahren wir an einem Häuschen vorbei. Die meisten sind aus Holz, manche sehen aus wie verwunschene Hexenhäuschen, mit zwei gekreuzten Schlangen als Giebelschmuck und jeder Menge Efeu.

Wie Peter erklärt, sind viele Grundstücke im Spreewald nur mit dem Kahn zu erreichen. Selbst die Post wird auf dem Wasserweg ausgeliefert und der Müll per Kahn eingesammelt.

Vor einigen Häusern hängen Holzkisten halb im Wasser. »Das sind Fischkästen«, sagt Peter. »Die Fische werden nach dem Fangen in den Kasten gesperrt und weiter im Wasser der Spree gehalten. So bleiben sie bis zum Verzehr frisch. Ist der Deckel offen, sind Fische drin. Ist der Deckel zu, ist es Bier. Und wenn ein Schloss dran baumelt, ist es die Schwiegermutter.« Peter grölt.

Mal abgesehen vom kalauernden Fährmann und meinem plappernden Bruder ist es sehr still auf dem Fließ. Nur Vogelgezwitscher und das leise Dahingleiten des Kahns sind zu hören. Ich wünschte, Niklas säße hier vorne neben mir. Er würde seinen Arm um meine Schultern legen, und ich könnte mich an ihn kuscheln. Wir würden gar nichts sagen, sondern nur gemeinsam aufs Wasser schauen.

»So!«, ruft Peter von hinten. »Ich verringere das Tempo von fünf auf drei Kilometer pro Stunde, denn wir sind jetzt innerorts. Willkommen in Lehde!«

Kurze Zeit später legt Peter an. Er nennt die Abfahrtszeit für die Rücktour, empfiehlt uns einen Besuch im Freilandmuseum und wünscht uns einen schönen Aufenthalt.

Finn und ich warten, bis die ganz Eiligen den Kahn verlassen haben. Dann klettern auch wir ans Ufer.

Als Finn außer Hörweite ist, fragt mich Mama: »Na, hattet ihr beide es da vorne auf eurer Zweierbank schön romantisch?«

Ich verdrehe die Augen.

»Was denn? Ihr wärt so ein schönes Paar!«

»Finde ich überhaupt nicht.«

»Nein? Ich kann mich noch an Zeiten erinnern, da hast du bis über beide Ohren gestrahlt, wenn Finn vor der Tür stand.«

»Das ist lange her«, sage ich knapp.

Wir haben die anderen eingeholt, und Mama ist taktvoll genug, nicht weiter auf dem Thema herumzureiten. Es hätte mich aber auch nicht überrascht, wenn sie gut hörbar für alle von Finn als ihrem Wunschschwiegersohn geschwärmt hätte.

Zugegeben, ganz falsch lag sie mit ihrer Erinnerung nicht. Damals in der Siebten fand ich Finn tatsächlich ganz süß. Immer einen lockeren Spruch parat. Nicht mal im Kino konnte er die Klappe halten. Über ihn musste ich mehr lachen als über den Film. Bis ich das mit der Aufpasser-Nummer herausbekam. Da verging mir das Lachen.

24

MUSEUMSBESUCHE stehen nicht unbedingt auf der Liste meiner liebsten Freizeitbeschäftigungen, aber das Freilandmuseum ist ganz niedlich. Wie wir an der Kasse erfahren, wurden hier Hofanlagen aus verschiedenen Spreewaldregionen zusammengetragen und wiederaufgebaut.

Im ersten Gebäude, einem reetgedeckten Holzhäuschen mit blauen Fensterläden aus der Zeit um 1850, ist die Decke so niedrig, dass sich Papa ducken muss. Ein großes Bett mit rot-weiß karierten Bezügen steht in einer Zimmerecke. Eine Puppe sitzt an einem Spinnrad, eine andere Puppe steht vor dem Fenster. Beide tragen riesige, kunstvoll gesteckte Tücher auf dem Kopf – die traditionelle Kopfbedeckung der sorbischen Frauen. Die Sorben sind eine Volksgruppe, die noch heute im Spreewald und anderen Gebieten in Brandenburg und Sachsen zu Hause ist, wie uns Peter erklärt hat.

Plötzlich spricht eine der Puppen: »In dieser Stube schlief die ganze Familie in einem Bett.«

Ich zucke zusammen. Die Puppe entpuppt sich als Mitarbeiterin des Museums, und mein Herz beruhigt sich langsam wieder.

»Alle in einem Bett?«, fragt Anton, der wohl gleich gesehen hat, dass die Frau echt ist.

»Ja, Mutter und Vater, dazu noch die Großeltern und die kleineren Kinder. Die größeren Kinder schliefen in der Scheune nebenan.«

Mein Bruder schaut sie mit offenem Mund an, und auch ich kann es nicht fassen. Vier Erwachsene und mehrere Kinder in einem großen Holzbett? Da wäre ich aber so schnell wie möglich in die Scheune abgehauen.

Die Frau zeigt auf den Kachelofen. »Das war die einzige beheizte Stube im Haus, und hier wohnten bis zu fünfzehn Personen. In Lehde auf den Inseln war Bauland sehr knapp, und so waren die Häuser klein.«

Anton und ich gehen weiter zur Scheune. Eine große Kiste steht offen in einer Ecke, im Inneren jede Menge Kissen. »Hier heißt es, dass du dich mit einem Kissen ins Heu legen kannst«, sage ich zu Anton. »Über den Lautsprecher werden Geschichten aus dem Spreewald erzählt.«

Anton schnappt sich ein Kissen und baut sich im Heu ein Lager. Ich nehme mir ebenfalls ein Kissen und lege mich neben ihn. In Gedanken beginne ich langsam zu zählen. Insgeheim gebe ich ihm noch 45 Sekunden.

»Mir ist langweilig«, ruft Anton nach 32 Sekunden, wirft sein Kissen zurück in die Kiste und flitzt nach draußen.

Ich strecke mich. Eigentlich finde ich es ganz gemütlich hier im Heu.

»Ach, hier steckst du«, sagt Finn und lässt sich neben mich fallen.

Schweigend lauschen wir der Männerstimme, die von den

Pflichten erzählt, die ein Junge auf dem Hof erledigen musste. Ich blicke mich um und stelle mir vor, wie es wäre, in einer Mondscheinnacht hier in der Scheune zu schlafen. Romantischer geht es ja wohl nicht. Ich muss wieder an Niklas denken. Wie es wohl wäre, wenn er jetzt neben mir im Heu liegen würde?

»Warst du schon mal richtig verliebt?«, frage ich Finn. Im nächsten Moment erschrecke ich selbst über meine Direktheit und füge hastig hinzu: »Du musst natürlich nicht antworten, wenn du nicht willst.«

Finn dreht den Kopf zu mir und sagt erst einmal nichts. Wahrscheinlich ist meine Frage zu dreist.

Schließlich nickt er. »Ich bin es immer noch.«

»Echt? In wen?«

Eine von Finns Augenbrauen schnellt nach oben. »In wen bist du denn verliebt, Annabelle?«

Ich schlucke. Mit einer Gegenfrage habe ich nicht gerechnet. »Äh ...«, stottere ich. Nein, ich kann Finn nicht von Niklas erzählen. Die beiden sind nicht gerade die besten Kumpels, und ich kann nicht ausschließen, dass Finn beim nächsten Mal, wenn er Niklas und mich zusammen antrifft, irgendeinen blöden Spruch reißt.

Finn guckt mich traurig an. »Siehst du. Du verrätst mir auch nicht, für wen dein Herz schlägt. Ich sage nur so viel: Sie ist das schönste Mädchen unserer Schule.«

Jetzt bin ich sprachlos. Das schönste Mädchen unserer Schule – wer könnte das sein? Vermutlich geht sie in unsere Klassenstufe. Soweit ich weiß, hat Finn mit den Schülerinnen der Klassen über oder unter uns nichts zu tun. Es kann sich natürlich auch um eine Verliebtheit aus der Ferne handeln, aber das glaube ich nicht. Also: Spieglein, Spieglein an der Wand, wer ist die Schönste in der Neunten? Bei einer Umfrage unter den Jungs würde wohl Sophie als Siegerin hervorgehen, auch wenn sie sich für meinen Geschmack zu sehr aufdonnert. Aber mein Geschmack zählt dabei ja nicht. Auf Finns Geburtstagsfeier war Sophie jedenfalls nicht. Vielleicht ist sie auch einfach nicht aufgetaucht, obwohl er sie eingeladen hatte.

Ich gucke Finn von der Seite an. Ist er so sehr in Sophie verliebt wie ich in Niklas? Und die anderen Mädels, mit denen er flirtet? Sind sie vielleicht nur Mittel zum Zweck, um Sophie eifersüchtig zu machen? Das muss ich im Auge behalten. Plötzlich stürmen Klaus und Monika in die Scheune, und Finn und ich machen uns auf die Suche nach der nächsten Attraktion.

Auf der großen Wiese steht noch eine Holzkiste, diesmal ist sie voll mit historischem Spielzeug. Wir schnappen uns jeder ein Paar Stelzen. Die Holzstäbe sind bestimmt zwei Meter lang und haben einen Keil auf Kniehöhe. Laut Anleitung müssen wir unsere Arme vorne um die Stäbe wickeln und dann auf die Keile steigen. Ich beschließe, mir das Ganze erst einmal bei Finn anzuschauen.

Er steigt ein paarmal direkt wieder ab, weil er das Gleichgewicht nicht halten kann, doch dann schafft er tatsächlich drei Schritte mit den Stelzen. Als ich die kindliche Begeisterung in Finns Gesicht sehe, muss ich an frühere Ausflüge denken. Meistens hat Finn irgendeinen Blödsinn vorgemacht, und ich bin ihm mit Begeisterung gefolgt.

Auch jetzt versuche ich, wie Finn auf die Stelzen zu klettern, aber ich haue mir gleich beim ersten Versuch einen der Holzstäbe gegen den Hinterkopf. »Autsch!«, jaule ich.

»Soll ich dir helfen, Annabelle?«, fragt Finn vorsichtig.

Mir liegt ein trotziger Spruch auf den Lippen, doch ich kriege gerade noch mal die Kurve. »Das wäre nett.«

Finn hält meine Stelzen fest, während ich erst den linken, dann den rechten Fuß auf die Keile stelle.

»Richte dich ganz auf. Ich lasse erst los, wenn du sicher stehst.«

Und tatsächlich: Ich schaffe zwei Schritte, bevor ich nach hinten kippe. Aber ich lande nicht, wie befürchtet, unsanft auf dem Hintern. Finn fängt mich auf, und nur die Stelzen krachen auf den Boden. Dankbar drehe ich mich zu ihm um und lächle ihn an. Ein persönlicher Bodyguard ist vielleicht doch nicht das Schlechteste.

»Guck mal, mein Keks, hier gibt es einen Waschplatz!«, plärrt Mama vom anderen Ende der Wiese zu mir herüber. »Mit richtigen Zubern und Waschbrettern. Willst du nicht mal ein Kleidungsstück mit der Hand schrubben, damit du siehst, was für ein Segen unsere Waschmaschine ist?«

»Ich gehe wohl besser zu ihr, bevor sie das ganze Museum zusammenschreit«, sage ich zu Finn.

Der nickt grinsend. Nur gut, dass ich mir, was das Peinlichkeitslevel meiner Mutter angeht, bei Finn keine Sorgen machen brauche, wo er sie doch in all ihrer Nervigkeit kennt. Ich weiß allerdings nicht, wie ich jemals meinen zukünftigen Freund mit nach Hause bringen soll, ohne vor Scham im Erdboden zu versinken.

25

WIE JEDEN MITTWOCH kann ich mich nicht entscheiden, ob ich mich auf den Sportunterricht freuen soll oder nicht. Neunzig Minuten mit Niklas in meiner Nähe sind in diesem Fall leider auch Neunzig Minuten voller Seitenstechen und Sand im BH. Heute steht Leichtathletik auf dem Plan, genau genommen Ausdauerlauf und Weitsprung. Leider ist der Regen, den ich mir gewünscht habe, ausgeblieben. Kein Wölkchen zu sehen.

Der Sportplatz liegt in einem Waldstück am Ende des Sees. Damit wir zum Unterrichtsbeginn fertig umgezogen auf dem Platz stehen, müssen wir gleich nach der Deutschstunde aufbrechen. Carla, Jette und ich nehmen den kleinen Weg, der am See entlangführt. Ein paar Meter vor uns laufen Finn und andere Jungs aus unserer Klasse mit ihren Sporttaschen über den Schultern. Team Barbie ist irgendwo hinter uns, allerdings nur mit drei Mannschaftsmitgliedern. Sophie hat vorhin Herrn Hoffmann, der immer noch Frau Gründler vertritt, eine Entschuldigung ihrer Mutter in die Hand gedrückt. Einmal im Monat redet sie sich mit starken Menstruationsbeschwerden raus. Was ja okay ist, solange sie tatsächlich

Schmerzen hat. Allerdings gibt sie gern damit an, wie leicht sie ihre Mutter manipulieren kann. Ich habe auch schon mal darüber nachgedacht, ob ich nicht ab und zu mal Mama um eine solche Entschuldigung bitte könnte, aber dann war mir das doch zu blöd. Ich mag ja eine Niete im Sport sein, aber kneifen tue ich nicht.

»Haben sich deine Eltern schon wegen des Urlaubs entschieden?«, fragt Jette.

Ich schüttele den Kopf. »Papa hat mich gestern aufs Wochenende vertröstet. Gerade ist in der Praxis so viel los, dass er und Mama nicht dazu kommen, irgendetwas Privates zu besprechen.«

»Meinst du, sie erlauben es?«, fragt Carla. Letztes Wochenende hat ihr Vater schweren Herzens sein Okay gegeben. Er meinte, als Lehrer wisse er nur zu gut, was Jugendliche auf Klassenfahrten anstellen. Ein Urlaub ohne Erziehungsberechtigte sei da sicher nicht anders, aber einsperren könne er Carla schließlich auch nicht.

Ich versuche, mich in meine Eltern hineinzuversetzen, was mir wirklich nicht leichtfällt. »Ganz ablehnen werden sie es bestimmt nicht. Dann hätten sie gleich Nein gesagt, als ich gefragt habe«, überlege ich. »Aber vielleicht stellen sie irgendwelche Bedingungen.«

Jette zieht ihre Augenbrauen hoch. »Was denn für Bedingungen?«

»Na, so etwas wie: Ihr dürft allein zelten, aber nur auf einem Campingplatz hier in der Nähe, damit wir schnell da sind, falls irgendetwas passiert.«

»Oh mein Gott!« Jette stöhnt laut.

»Besser als nichts«, sagt Carla. »Spaß haben können wir doch überall.«

Jette verdreht die Augen. »Klar, Zelten am Großen Klobichsee ist bestimmt genauso cool, wie im Schlafsack am Ostseestrand zu pennen.«

»Abwarten«, beschwichtige ich sie. Wie ich nur zu gut weiß, sind meine Eltern nie um eine Überraschung verlegen.

Eine Viertelstunde später finde ich mich neben Jette und zwanzig anderen an der Startlinie auf der Aschenbahn wieder. Ich trage eine knielange schwarze Hose und meine alten Sportschuhe, die schon ganz ausgelatscht sind. Aber solange sie nicht auseinanderfallen, bitte ich Mama und Papa nicht um Geld für ein neues Paar. Wozu auch? Schneller wäre ich damit sicher nicht.

Herr Hoffmann pfeift, und wir setzen uns in Bewegung. Wir sollen zwanzig Minuten ohne Pause laufen, eine Runde nach der anderen. Das von Herrn Hoffmann ausgegebene Ziel lautet: möglichst viel Strecke machen. Mein persönliches Ziel: nicht zusammenbrechen.

Zu Unterrichtsbeginn mussten wir uns in zwei Gruppen aufteilen. Die eine Gruppe läuft, die andere beginnt mit dem Weitsprung. Dann wird gewechselt. Niklas ist nicht in meiner Gruppe, aber vielleicht ist das auch gut so. Was hätte es mir gebracht, wenn er mich alle fünf Minuten überrundet hätte?

Schweigend joggen Jette und ich nebeneinanderher, unsere Puste dürfen wir nicht mit Reden verschwenden. Mach einfach einen Schritt nach dem anderen, flüstere ich mir in Gedanken zu. Ich spüre, wie mein Gesicht langsam rot wird und mein Atem schneller geht. Die meisten anderen sind längst davongerannt. Hinter uns japst Basti.

Nach einer Dreiviertelrunde kommen wir an unseren Mitschülern vorbei, die auf dem Rasen neben der Weitsprunggrube im Kreis stehen und sich mit Hampelmännern und Armkreisen aufwärmen. Carla und Niklas wirken überhaupt nicht angestrengt. Niklas sagt etwas und grinst breit, worauf Carla kichert und den Blick zum Boden wendet. Vielleicht gerät sie ja doch langsam außer Puste, denn auf einmal ist sie ganz rot im Gesicht.

Wieder einmal wünsche ich mir, an ihrer Stelle zu sein. Ich quäle mich weiter und verliere die beiden aus den Augen.

Nach einer unendlich lang scheinenden Runde komme ich nach Atem ringend erneut an der Weitsprunggrube vorbei. Mein Blick wandert unweigerlich zu Niklas. Zusammen mit Carla wartet er vor der Grube, während Amelie Anlauf nimmt und abspringt. Ich beobachte, wie Carla mit Niklas redet und dabei ihre Haare hinter die Ohren streicht. Das macht sie eigentlich nur, wenn sie nervös ist. Am bevorstehenden Springen kann es nicht liegen, das ist eine ihrer leichtesten Übungen. Ihre Wangen sind immer noch gerötet, obwohl sie sich gar nicht bewegt. Wenn ich es nicht besser wüsste, würde ich sagen, dass es Niklas ist, der sie nervös macht. Aber das kann ja nicht sein. Oder etwa doch?

Mein Herz legt noch einen Gang zu und hämmert wie wild in meiner Brust. Plötzlich überschlagen sich meine Gedanken. Ist Carla auch in Niklas verliebt? Will sie ihn sich etwa selbst angeln? Hinter meinem Rücken? Oder habe ich schon einen Sonnenstich?

Mit einem Mal habe ich so heftiges Seitenstechen, dass ich einfach nicht mehr weiterlaufen kann. Ich bleibe stehen, beuge mich nach vorn und stütze meine Arme auf die Oberschenkel. Mein Herz ist immer noch am Sprinten.

Jette hält ein paar Schritte vor mir an, dreht sich um und fragt: »Alles okay?«

Als ich nicke, läuft sie weiter. Ich muss so schnell wie möglich mit Carla reden und sie fragen, was da los ist. Vorher kann ich auch Jette nichts von meinem Verdacht erzählen.

»Nicht stehen bleiben, Anna!«, ruft Herr Hoffmann von der Weitsprunggrube zu mir herüber. »Bring wenigstens noch die Runde zu Ende.«

Alle aus dem Hampelmann-Kreis gucken mich an. Ich ignoriere die Tatsache, dass ich keinen Atemzug ohne Seitenstechen tun kann, und setze mich langsam wieder in Bewegung. Fehlte ja noch, dass mir Niklas beim Zusammenbrechen zuguckt.

Endlich ist die Doppelstunde vorbei. Am Rand der Aschenbahn warte ich auf Carla, die noch mit ihrem Vater spricht. Glücklicherweise ist Jette schon mit den anderen in der Umkleide verschwunden. Ich spüre, wie der Sand aus der Weitsprunggrube in meiner linken Socke reibt und sich ein neuer blauer Fleck auf meinem Knie breitmacht, aber das ist nichts im Vergleich zu dem Tumult in meinem Kopf. Irgendwie werde ich den Gedanken nicht los, dass Carla was von Niklas will. Deshalb muss ich sie gleich jetzt zur Rede stellen.

Lächelnd kommt Carla auf mich zu und wirkt dabei kein bisschen fertig. Ihr blaues Shirt sieht aus, als hätte sie es gerade erst aus dem Schrank genommen. Voller Mitgefühl schaut sie mich an. »War es so schlimm?«

Carla spürt immer, wenn etwas nicht stimmt.

»Nicht schlimmer als sonst«, antworte ich. »Aber ich habe vorhin etwas beobachtet, und ich weiß nicht, ob ich mir das nur einbilde.«

»Was hast du beobachtet?«, fragt Carla neugierig.

Ich räuspere mich. »Bitte verstehe mich nicht falsch, aber für mich sah es so aus, als hättest du …« Ich weiß nicht, wie ich es sagen soll. Einen Moment schließe ich meine Augen, hole tief Luft und platze heraus: »Für mich sah es so aus, als hättest du vorhin mit Niklas geflirtet.« Ich öffne meine Augen und blicke in Carlas geschocktes Gesicht.

»Wie kommst du denn bloß darauf?«, fragt sie fassungslos.

»Du hast mit ihm gekichert und bist rot geworden«, versuche ich es zu erklären.

»Ich würde nie mit Niklas flirten, wo ich doch weiß, dass du in ihn verliebt bist!«, ruft Carla entsetzt.

Plötzlich fühle ich mich unheimlich blöd. »Manon hat uns doch dazu aufgefordert, bei jeder Gelegenheit zu üben. Wäre ja möglich, dass du mit Niklas …« Ich bringe den Satz nicht zu Ende, denn Carla guckt mich so enttäuscht an, dass ich mir wünsche, ich könnte die Anschuldigung zurücknehmen.

»Nein, das wäre nicht möglich!« Carla dreht sich um und marschiert in Richtung Umkleiden.

Ich eile hinterher. »Es tut mir leid, Carla. Ich habe das nicht wirklich geglaubt, aber …«

Ja, was aber? Ich habe ihr nicht vertraut. Das kann sie mir sicher nie verzeihen.

In der Umkleide fragt uns Jette: »Wo habt ihr denn so lange gesteckt?«

»Anna hatte so viel Sand in den Schuhen, dass sie keinen Schritt mehr machen konnte«, erklärt Carla und wird ein bisschen rot, was aber wahrscheinlich nur mir auffällt. »Sie musste erst alles ausschütten.«

Für diese Notlüge bin ich ihr sehr dankbar. Irgendwie spüren wir beide wohl, dass wir Jette nicht auch noch mit hineinziehen müssen. Mir ist auch klar, dass sie mir gehörig den Kopf waschen würde.

Ich ziehe mein Sportshirt aus. Weil die Duschen schon seit Jahren nicht mehr funktionieren, spritze ich mir am Waschbecken ein bisschen Wasser unter die Achseln und ins Gesicht. Ein Blick in den Spiegel zeigt mir, dass ich immer noch ganz rot bin. Zu Hause werde ich gleich unter die Dusche springen. Mit klarem Kopf fällt mir hoffentlich ein, wie ich Carla um Entschuldigung bitten kann.

Jette verabschiedet sich. Ihre Cousine ist gerade mit ihrem zweijährigen Sohn zu Besuch, und Jette ist ganz vernarrt in den Kleinen. Als Anton zwei war, hielt sich meine Begeisterung in Grenzen. Kein Wunder, denn so ein schreiender Bruder reist ja auch nicht nach ein paar Tagen wieder ab. Außerdem musste ich immer als Babysitter herhalten, bevor Maria, unser erstes Au-pair, bei uns einzog.

Ich schlüpfe in meine Jeans und das zitronengelbe Top vom Flohmarkt, das zu meinem Lieblingsoberteil geworden ist. Ein bisschen Deo unter die Achseln, Haare bürsten und fertig.

Ich schaue zu Carla, die sich neben mir umgezogen hat, und sehe, wie sich ihr Mund zu einem schiefen Lächeln verzieht.

»Na, wenigstens hast du mich direkt angesprochen«, sagt sie und legt ihre Hand auf meine Schulter.

Jetzt bin ich es, die ungläubig guckt. Das ist doch nicht zu fassen! Ich beschuldige Carla des Verrats, und sie findet trotzdem noch etwas Positives an der Situation – und an meinem Verhalten!

Ich umarme sie und flüstere: »Carla, du bist die beste Freundin, die man sich wünschen kann. Es tut mir leid, dass ich dich verdächtigt habe.«

26

WIR SCHNAPPEN UNSERE TASCHEN und gehen hinaus. Draußen lehnen Niklas und Tom an ihren Fahrrädern. Vor Schreck halte ich im Laufen inne, aber Carla schiebt mich weiter.

»Hey, ihr beiden«, ruft Niklas. »Wir wollten gerade ein Eis essen gehen. Kommt ihr mit?«

Ich kann mein Glück kaum fassen. Niklas fragt mich, ob ich mit ihm Eis essen will! Na gut, nicht NUR mich, aber AUCH mich. Der Tag ist gerettet! »Coole Idee«, entgegne ich. »Eine Abkühlung kann ich gut gebrauchen.«

»Ich kann leider nicht mitkommen«, sagt Carla zu meiner großen Überraschung. Ihr Blick schweift zu ihrem Vater, der gerade seine Sporttasche in den Kofferraum packt. »Ich muss Papa bei ein paar … äh … Besorgungen helfen.« Sie drückt mich und flüstert mir dabei »Viel Spaß!« ins Ohr.

Niklas schaut Carla hinterher. »Dann sind wir wohl nur zu dritt«, sagt er und wirft sich seine Sporttasche über die Schulter. Sein schnittiges Rennrad hat natürlich keinen Gepäckträger.

Da ich zu Fuß bin, schieben Niklas und Tom ihre Räder. Zum »Venezia« wäre es von hier zu weit, deshalb steuern wir den Eisladen im Einkaufszentrum an. Da schmeckt das Eis nicht ganz so gut, aber solange Niklas dabei ist, würde ich auch zum Schnellimbiss an der Ecke gehen.

Plötzlich fällt mir ein, dass ich noch nicht geduscht habe und mein Kopf sicher immer noch rot wie eine Tomate ist. Ich atme tief ein, um herauszufinden, ob ich stinke, aber ich rieche nichts. Beruhige dich, Anna, ermahne ich mich in Gedanken. Wenn du dich aufregst, braucht dein Gesicht noch länger, bis es wieder Normalfarbe hat. Außerdem haben die Jungs auch keine funktionierende Dusche in ihrer Umkleide. Ich entspanne mich etwas. Dass Tom dabei ist, hilft. Sonst wäre das ja wie ein Date!

Es klingelt. Tom fischt sein Handy aus der Hosentasche, wirft einen Blick auf das Display und nimmt den Anruf an. »Hallo, Martin! Was geht?« Kurze Pause. Dann haut sich Tom mit der flachen Hand an die Stirn. »Scheiße, das war heute?! Gib mir zehn Minuten, bin gleich bei dir.« Er legt auf. »Sorry, Leute, aber ich habe vergessen, dass ich Martin beim Renovieren seines Zimmers helfen wollte. Er hat schon alles vorbereitet, und ich kann ihn jetzt nicht hängen lassen.« Tom schwingt sich auf sein Fahrrad und düst davon.

Während ich ihm nachblicke, spüre ich Panik in mir aufsteigen. Am liebsten würde ich Tom hinterherrufen, dass er sofort umdrehen soll. Dabei habe ich mir doch genau diese Situation immer wieder herbeigesehnt: ich allein mit Niklas, an einem ruhigen Ort mit genügend Zeit zum Kennenlernen. Und hier sind wir, zu zweit auf dem Weg zum Eisladen. Reiß dich zusammen, Anna! Mach gefälligst das Beste aus dieser einmaligen Chance!

Ich drehe mich zu Niklas um und lächele ihn an. »Dann sind wir wohl nur noch zu zweit.«

Niklas lächelt zurück. Auf der rechten Wange kommt sein Grübchen zum Vorschein. »Sieht ganz so aus. Du rennst jetzt aber bitte nicht auch noch davon, ja? Sonst muss ich mich ernsthaft fragen, ob ich stinke!«

Ich kichere. »Ihr Leute aus dem Schwimmverein macht immer den Eindruck, als würdet ihr nie schwitzen.«

Niklas zuckt mit den Schultern. »Das Praktische beim Schwimmen ist, dass man vom Wasser gekühlt wird. Man gerät zwar außer Puste, aber richtig schwitzen tut man nicht.«

So habe ich das noch nie gesehen. Aber ich schwimme ja sowieso nicht so schnell, dass eine Kühlung nötig wäre.

Wir sind da. Nachdem Niklas sein Fahrrad angeschlossen hat, gehen wir in den Laden.

»Wollen wir das Eis hier essen oder mitnehmen?«

»Hier essen. Ich bin völlig fertig«, gestehe ich.

Ich bestelle ein Spaghettieis, weil das Eisbecherlöffeln bei mir länger dauert als das Ausschlecken von Waffeleis und ich so mehr Zeit mit Niklas verbringen kann. Daraufhin ordert Niklas einen Schoko-Eisbecher. Der Kellner will uns die Bestellung bringen, sobald das Eis fertig ist. Wir setzen uns draußen an einen kleinen Tisch mit zwei Stühlen.

Wie ein echtes Date, schießt es mir durch den Kopf. Aber Niklas sieht das wahrscheinlich gar nicht so.

Ich suche nach einem Thema, das sich zum Flirten eignet und gleichzeitig unverfänglich ist. Mir fällt wieder unser Turnschuh-Gespräch ein, und ich erinnere mich an Manons Tipp. »Hast du schon Pläne für die Sommerferien?«, frage ich.

»Ich fahre mit meinen Eltern drei Wochen durch den Westen der USA«, erzählt Niklas. »Ich hätte auch allein zu Hause bleiben können, aber so einen Roadtrip lasse ich mir natürlich nicht entgehen.«

Der Kellner bringt unser Eis.

»Klingt super. Worauf freust du dich am meisten?«, frage ich, während ich meinen Löffel in die Vanille-Spaghetti gleiten lasse.

»Auf den Grand Canyon. Dieser riesige Spalt in der Erde muss einfach gigantisch aussehen.« Niklas' blaue Augen leuchten vor Begeisterung. »Und du? Was machst du in den Ferien?«

»Ich fliege mit meiner Familie für zwei Wochen nach Italien. Danach wollen wir Mädels zum Zelten an die Ostsee. Steht aber noch nicht fest, ob das klappt.« Ich sage nicht, dass es meine Eltern sind, die uns vielleicht einen Strich durch die Rechnung machen. Niklas' Eltern hätten ihn mehrere Wochen allein zu Hause gelassen, verglichen damit sind meine Eltern total uncool.

»Ist Carla auch dabei?« Niklas schiebt sich eine große Portion Schokoeis in den Mund.

»Ja, und Jette«, antworte ich und wundere mich, warum er nach Carla fragt.

»In der Ostsee schwimmen – das wird bestimmt toll.« Niklas' Blick schweift in die Ferne.

Ach so, es geht wieder ums Schwimmen. Dass er bei dem Thema eher an Carla denkt als an mich, ist ja klar.

Plötzlich habe ich eine Idee. Dieses Ferienthema könnte meine Chance sein, herauszufinden, ob Niklas eine Freundin hat. Vorsichtig taste ich mich heran. »Und die restliche Ferienzeit? Fährst du noch irgendwo anders hin? Vielleicht jemanden besuchen?«

Niklas schüttelt den Kopf. »Nein. Ich bleibe hier.«

In mir breitet sich ein zufriedenes Grinsen aus. Das klingt ja nicht so, als gäbe es da jemanden. Aber wer weiß, vielleicht gibt es bis zu den Sommerferien ja mich. Ich lächle Niklas an, doch der ist voll und ganz mit seinem Eisbecher beschäftigt und bemerkt es gar nicht. Nachdem er den letzten Rest ausgekratzt hat, lehnt er sich zurück und wirft einen Blick auf seine Armbanduhr.

Hat er es eilig? Ich möchte nicht, dass er auf mich warten muss, während er vielleicht noch was anderes vorhat, deshalb lade ich eine große Portion Spaghettieis auf meinen Löffel und schiebe sie in den Mund. Als ich wieder sprechen kann, frage ich: »Kommst du am Sonnabend auch zur Liegewiese, wenn sich das Wetter hält?« Sollte sich Niklas gleich davonmachen, möchte ich wenigstens die Gewissheit haben, dass wir uns bald wiedersehen.

»Bestimmt«, sagt Niklas.

Keine feste Zusage, aber besser als nichts. Zufrieden löffle ich mein Eis zu Ende.

Der Kellner kommt zum Abkassieren, und jeder zahlt seinen Becher. Gemeinsam gehen wir zum Fahrradständer, und ich warte, bis Niklas sein Schloss geöffnet hat.

»Du fährst mit der Straßenbahn?«, fragt er.

Ich nicke.

»Also dann bis morgen in der Schule«, verabschiedet er sich und fährt davon.

Während ich zur Haltestelle auf der gegenüberliegenden Straßenseite gehe, grübele ich darüber nach, ob sich diese Begegnung als Date bezeichnen lässt. Hängt wohl davon ab, wie man »Date« definiert. Mann und Frau bei einem gemeinsamen Essen in einem Café? Dann war es ein Date. Ein einzelner Mann, der sich mit einer einzelnen Frau zu einem gemeinsamen Essen verabredet? Dann war das eben kein Date, denn dass wir zu zweit im Eiscafé gelandet sind, war ja nicht geplant. Aber muss denn immer alles geplant sein? Ich werde Manon fragen, was sie davon hält.

27

NACH SCHULSCHLUSS versammeln wir uns in der Küche um den Esstisch. Manon reicht jedem von uns ein Blatt Papier, das verdächtig nach einem Aufgabenzettel aussieht. Meine Befürchtung wird zur Gewissheit, als sie verkündet: »Mes filles, es wird Zeit für einen Test. Ich will sehen, was ihr habt gelernt in meine Unterricht.«

Jette und Carla werfen mir einen verwirrten Blick zu. Ich zucke mit den Schultern, denn ich bin genauso überrascht wie sie. Von einem Test war bisher nie die Rede gewesen. Für meinen Geschmack nimmt Manon dieses Lehrer-Schüler-Spiel etwas zu ernst. Fehlt nur noch, dass sie Zensuren verteilt und unsere Eltern zum Gespräch bittet, wenn unsere Leistungen nicht ihren Erwartungen entsprechen. Aber gut, sie ist die Chefin. Wenn wir noch was von ihr lernen wollen, sollten wir wohl besser nach ihren Regeln spielen.

»Ihr habt fünfzehn Minuten.« Manon sieht auf ihre Uhr. »Los geht's.«

Ich schaue mir die Aufgaben an. Bei den meisten hat Manon schon mögliche Antworten vorgegeben – das erleichtert die Sache. Ich beginne mit dem Ausfüllen.

TEST

Was ist die wichtigste Voraussetzung für einen erfolgreichen Flirt? (Bitte nur 1 Antwort auswählen.)

- ▢ Gutes Aussehen
- ▢ Guter Spruch
- ▢ Gute Laune
- ▢ Gutes Wetter

Ein guter Flirter will vor allem … (1 Antwort)

- ▢ … sich selbst attraktiv fühlen.
- ▢ … sich selbst und dem anderen den Tag versüßen.
- ▢ … endlich seinen Traumpartner finden.
- ▢ … so viele Männer/Frauen wie möglich anbaggern.

Wie kannst du Interesse an jemandem signalisieren? (Mehrere Antworten möglich)

- ▢ Blickkontakt suchen
- ▢ Den anderen anlächeln
- ▢ Schnell den Blick abwenden, wenn er/sie in meine Richtung schaut

Womit sollte man beim Flirten rechnen? (Mehrere Antworten möglich)

- ▢ Damit, dass man Spaß hat
- ▢ Damit, dass man sich blamiert
- ▢ Damit, dass der andere keine Lust aufs Flirten hat
- ▢ Damit, dass man jedes Mal besser wird

Wer sollte beim Flirten den ersten Schritt machen? (1 Antwort)

- Immer der Mann
- Immer die Frau
- Mann oder Frau – ganz egal

Worüber hat man beim Flirten keine Kontrolle? (1 Antwort)

- Über die eigene Flirtlaune
- Über die Flirtbereitschaft des anderen

Was gilt beim Flirten? (1 Antwort)

- Reden ist Silber, Schweigen ist Gold.
- Vorsicht ist die Mutter der Porzellankiste.
- Es ist noch kein Meister vom Himmel gefallen.

Wer eignet sich als Flirtpartner? (1 Antwort)

- Jeder, der Spaß am Flirten hat
- Nur Männer/Frauen, mit denen man sich auch eine Beziehung vorstellen kann

Schreibe ein ungewöhnliches Kompliment auf, das du als Gesprächsstart nutzen könntest:

Schreibe eine Oder-Frage auf, mit der du einen Flirt mit einer/-m Unbekannten beginnen könntest:

Nachdem ich überall meine Kreuzchen gesetzt und die beiden letzten Fragen beantwortet habe, sammelt Manon auch schon die Zettel ein. »Ich korrigiere die Tests sofort. Während ich das mache, denkt mal darüber nach, wie man sich zu einem Date verabreden kann, wenn der Flirt gut läuft.« Und mit einem Grinsen fügt sie hinzu: »Anna hat ja gerade gesammelt erste Erfahrungen.«

Ich merke, wie mir die Röte ins Gesicht steigt. Natürlich habe ich auch Carla und Jette gefragt, ob mein Eisessen mit Niklas ein Date war. Jettes Antwort fiel gewohnt pragmatisch aus. »Du hattest Zeit mit ihm allein, was spielt es da für eine Rolle, wie du das nennst?«

Doch wie schaffe ich es nun, noch mehr Zeit mit Niklas zu verbringen, am besten bei einem offiziellen Date? Ich schreibe Café und Kino als mögliche Orte für eine Verabredung in mein Heft, bin ansonsten aber ziemlich ratlos.

Carla kaut an ihrem Bleistift, und ich schiele auf ihr Heft. Viel hat sie auch noch nicht geschrieben. Mein Blick wandert zu Jette, die aus dem Fenster starrt.

»Carla, wie würdest du einen Jungen, mit dem du geflirtet hast, fragen nach eine Date?« Manon legt ihren Rotstift zur Seite und erhebt sich von ihrem Stuhl.

Carla zuckt mit den Schultern. »Gar nicht. Ich würde warten, bis er mich fragt.« Dabei guckt sie schuldbewusst, weil sie weiß, dass Manon diese Antwort gar nicht gefällt.

»Immer so schüchtern!« Manon stöhnt. »Aber ich verstehe. Du willst nicht riskieren zu bekommen eine Korb.«

Carla nickt, und ich merke, wie ich ebenfalls nicke.

»Der Trick ist, den Jungen nicht direkt zu fragen«, erklärt

Manon. »Wenn du fragst ›Willst du mich wiedersehen?‹, sagt er vielleicht Nein, weil er sich über den Haufen gerumpelt fühlt. Es ist cleverer, wenn du von dir sprichst und deine Gedanken in eine Ich-Botschaft packst. Zum Beispiel: ›Mit dir über Musik zu reden, macht echt Spaß.‹ Oder ›Die Zeit mit dir ist vergangen wie im Flugzeug.‹ Dann kannst du gucken, wie er reagiert. Wenn er dich wiedersehen möchte, wird er auch eine Ich-Botschaft senden. Und wenn er nicht zu schüchtern ist, schlägt er hoffentlich ein Date vor.«

Den Tipp schreibe ich gleich in mein Heft! Das könnte bei Niklas funktionieren. Dazu müsste ich ihm nur sagen, wie toll ich unser Treffen fand, und dann könnte er ein neues Date ins Spiel bringen.

»Es kann natürlich passieren, dass der Junge es nicht checkt und kein neues Treffen vorschlägt«, nimmt mir Manon den Wind aus den Segeln. »Dann solltet ihr ergreifen die Initiative. Anna, wie würdest du Niklas bitten um ein zweites Date?«

»Äh, also …«, stammele ich und blicke Manon ratlos an. »›Hey, Niklas, wir könnten uns vielleicht irgendwann mal wieder zum Eisessen verabreden‹?«

Manon schüttelt den Kopf. »Das ist nicht konkret genug. Da antwortet er: ›Ja, sicher, können wir machen irgendwann mal.‹ Und das war's dann. ›Könnten‹, ›vielleicht‹ und ›irgendwann mal‹ – das alles solltet ihr nicht sagen, wenn ihr den Jungen bald wiedersehen möchtet. Macht einen konkreten Vorschlag wie: ›Lass uns nächste Woche auf eine Tasse Tee treffen und über das neue Album von Muse quatschen.‹ Da kann er doch nicht Nein sagen, oder?«

Ich schreibe, so schnell ich kann, mit. Dass die Wortwahl

solch einen großen Unterschied macht, hätte ich nicht gedacht. Aber es stimmt: Einen so selbstbewusst formulierten Vorschlag kann man wirklich nicht ablehnen.

»Und noch was, Mädels. Wir haben schon geredet über offene und geschlossene Fragen. Stellt offene Fragen, auf die man nicht einfach antworten kann mit Ja oder Nein. Also: ›Wie sieht es denn Dienstag oder Donnerstag bei dir aus?‹ Und nicht: ›Hast du nächste Woche Zeit?‹«

Manon macht eine Pause, damit wir uns alles notieren können. »Jette, wie fragst du nach die Kontakt eines Jungen, wenn er einverstanden ist mit eine neue Treffen?«

»Das ist doch einfach«, antwortet Jette. »Gibst du mir deine Telefonnummer?«

Manon grinst. »Das kann funktionieren, so ganz direkt. Eleganter ist aber auch hier eine offene Frage, zum Beispiel: ›Wie kann ich dich erreichen am besten?‹ Dann kann er entscheiden ganz frei und dir auch geben seine E-Mail-Adresse.«

Uff, bis wir das draufhaben, das wird dauern.

Manon scheint meine Gedanken zu lesen. »Am besten, ihr drei übt Ich-Botschaften und offene Fragen gemeinsam. Dann könnt ihr euch gegenseitig korrigieren.«

Wir nicken.

»So, jetzt fehlt noch ein Ort für euer Date. Was fällt euch ein?«

»Das Eiscafé«, schlägt Jette vor, während sie mich angrinst.

Ich strecke Jette die Zunge raus.

Manon nickt.

»Kino«, sage ich.

Erneutes Nicken.

»Ein Spaziergang am See?«, fragt Carla.

»Ja, sehr gut«, antwortet Manon. »Was unterscheidet ein Date, bei dem man spazieren geht, von einem Date im Eiscafé?«

»Man muss nicht die ganze Zeit reden, sondern kann auch mal einfach so nebeneinanderherlaufen«, sagt Carla.

»Genau!«, ruft Manon. »Im Café oder im Restaurant man sitzt nebeneinander oder gegenüber und redet die ganze Zeit. Dabei kann man gut beobachten den Jungen und seine Reaktionen, aber Pausen nerven. Wenn man zusammen etwas unternimmt, spazieren geht oder mit eine Boot fährt, dann ist das lockerer. Und im Kino muss man gar nicht reden.« Mit Blick auf Carla fügt sie hinzu: »Ein Kino-Date ist gut geeignet, wenn du bist schüchtern. Danach kann man sich unterhalten über den Film.«

Ich denke an meine Kinoverabredungen mit Finn und daran, wie er den Film ständig kommentiert hat. Unwillkürlich muss ich grinsen.

In meinem Heft steht jetzt:

LEKTION 5:

- Ich-Botschaften senden (»Mit dir über Musik zu reden, macht echt Spaß.«)
- Konkrete Vorschläge machen (»Lass uns nächste Woche auf eine Tasse Tee treffen und über das neue Album von Muse quatschen« statt »Wir könnten ja irgendwann vielleicht mal ...«)
- Offene Fragen (»Wie sieht es denn Dienstag oder Donnerstag bei dir aus?« statt »Hast du nächste Woche Zeit?«)

- Café/Restaurant gut zum Reden; gemeinsam etwas unternehmen lockert Atmosphäre auf; Kino geeignet für Schüchterne

Manon klatscht in die Hände. »Alors, jetzt wisst ihr alles, was ich euch an Theorie kann beibringen. Deshalb ist das heute auch unsere letzte Stunde.«

Ich starre sie an. WAS?! »Das kann nicht dein Ernst sein. Wir müssen doch noch so viel lernen, bis wir richtig gut flirten können!«

»Das lernt ihr aber nicht in dieser Küche. Es ist so wie mit dem Führerschein. Theorie ist gut, aber Autofahren lernt man nur, indem man sich setzt hinter die Steuer und gibt Gas.«

Die Stimmung ist plötzlich im Keller.

»Ihr könnt natürlich mit euren Fragen zu mir kommen«, tröstet uns Manon. »Daran wird sich nichts ändern. Und der Französischunterricht geht auch weiter.«

»Darauf könnte ich eher verzichten«, murmelt Jette so leise, dass nur ich sie höre.

Manon gibt uns die Aufgabenzettel zurück. Missmutig werfe ich einen Blick auf die Korrekturen. Ich habe alle Fragen richtig beantwortet und für meine Beispielsätze auch die volle Punktzahl erhalten. Vielleicht stimmt es ja doch: Die Theorie kann ich, jetzt muss ich Gas geben.

TEST

Was ist die wichtigste Voraussetzung für einen erfolgreichen Flirt? (Bitte nur 1 Antwort auswählen.)

- [ ] Gutes Aussehen
- [ ] Guter Spruch
- [x] Gute Laune
- [ ] Gutes Wetter

Ein guter Flirter will vor allem … (1 Antwort)

- [ ] … sich selbst attraktiv fühlen.
- [x] … sich selbst und dem anderen den Tag versüßen.
- [ ] … endlich seinen Traumpartner finden.
- [ ] … so viele Männer/Frauen wie möglich anbaggern.

Wie kannst du Interesse an jemandem signalisieren? (Mehrere Antworten möglich)

- [x] Blickkontakt suchen
- [x] Den anderen anlächeln
- [ ] Schnell den Blick abwenden, wenn er/sie in meine Richtung schaut

Womit sollte man beim Flirten rechnen? (Mehrere Antworten möglich)

- [x] Damit, dass man Spaß hat
- [x] Damit, dass man sich blamiert
- [x] Damit, dass der andere keine Lust aufs Flirten hat
- [x] Damit, dass man jedes Mal besser wird

Wer sollte beim Flirten den ersten Schritt machen? (1 Antwort)

- [ ] Immer der Mann
- [ ] Immer die Frau
- [x] Mann oder Frau – ganz egal

Worüber hat man beim Flirten keine Kontrolle? (1 Antwort)

- [ ] Über die eigene Flirtlaune
- [x] Über die Flirtbereitschaft des anderen

Was gilt beim Flirten? (1 Antwort)

- [ ] Reden ist Silber, Schweigen ist Gold.
- [ ] Vorsicht ist die Mutter der Porzellankiste.
- [x] Es ist noch kein Meister vom Himmel gefallen.

Wer eignet sich als Flirtpartner? (1 Antwort)

- [x] Jeder, der Spaß am Flirten hat
- [ ] Nur Männer/Frauen, mit denen man sich auch eine Beziehung vorstellen kann

Schreibe ein ungewöhnliches Kompliment auf, das du als Gesprächsstart nutzen könntest:

Du hast sehr gerade Zähne. Warst du bei meinen Eltern in Behandlung?

Schreibe eine Oder-Frage auf, mit der du einen Flirt mit einer/m Unbekannten beginnen könntest:

Willst du weiter Löcher in die Luft starren, oder möchtest du dich vielleicht mit mir unterhalten?

Sehr gut, Anna! Und nun geht's weiter mit die praktischen Übungen …

28

STEHT DER TAG unter einem guten oder einem schlechten Stern? Ich kann mich gerade nicht entscheiden. Für einen guten Stern spricht: Mama und Papa haben mir heute am Frühstückstisch eine eigentlich positive Nachricht überbracht. Das Wetter hat sich gehalten, und Jette, Carla und ich aalen uns nun auf der Liegewiese in der Sonne. Außerdem hege ich große Hoffnungen, dass Niklas gleich auftaucht.

Für einen schlechten Stern spricht: Als ich heute Morgen in den Spiegel geschaut habe, prangte auf meiner Stirn ein riesengroßer Pickel. Ich habe ihn böse angestarrt, aber er ist einfach dort geblieben. Dank meines Abdeckstifts leuchtet er zumindest nicht mehr rot. Und damit nicht genug: Finn und seine Kumpels springen von der Plattform auf dem See ins Wasser, und Sophie und Anneke liegen nicht weit von uns entfernt im Gras. Das hier ist also ein verdammtes Klassentreffen! Wie soll ich denn da in Ruhe mit Niklas reden? Noch dazu hat die gute Nachricht, die meine Eltern mir vorhin überbracht haben, natürlich einen Haken. »Was? Die wollen mitkommen?«, fragt Jette ähnlich ungläubig wie ich zwei Stunden zuvor am Frühstückstisch.

Seufzend wiederhole ich, was meine Eltern gesagt haben: »Ja, aber sie würden nicht auf demselben Campingplatz übernachten wie wir. Sie würden nur in der Nähe sein wollen, falls etwas passiert. Außerdem könnten sie uns so mit all unserem Gepäck bis zum Zeltplatz fahren, und wir müssten nicht das ganze Zeug allein mit der Bahn hinbringen.« Diesen Vorteil kann auch Jette nicht von der Hand weisen. Carla lächelt nur. Ich glaube, sie freut sich einfach, dass wir zusammen Urlaub machen.

Meine anfängliche Wut ist inzwischen verflogen. Ich muss wohl oder übel damit leben, dass Mama und Papa nicht so cool sind wie Jettes Eltern und Carlas Vater, die uns allein verreisen lassen würden. Immerhin müssen wir nicht am Großen Klobichsee zelten. Der heutige Tag steht unter einem guten Stern, entscheide ich.

Mein Blick wandert hinüber zu den Barbies. Sophie tippt auf ihrem Handy herum. Sie trägt einen blau-weiß gestreiften Bikini, der bestimmt aus der Sommerkollektion von Gucci stammt. Den Jungs schenkt sie keine Beachtung.

Was Finn nur an ihr findet? Falls sie seine Auserwählte ist, beweist er damit nicht gerade Menschenkenntnis. Zugegeben, sie sieht gut aus und gilt als das coolste Mädchen in unserem Jahrgang. Aber ich kann unter all dem Make-up und den Markenklamotten nur eine ziemlich blöde Ziege entdecken. Tatsächlich fällt mir niemand ein, der oberflächlicher ist als Sophie. Ich schaue auf die Plattform, wo Finn mit seinen roten Shorts gut zu erkennen ist. Sophie passt doch gar nicht zu ihm. Er ist witzig, clever und kann ziemlich charmant sein. Dazu ist er superentspannt; Labels und Styling sind ihm herzlich egal. Mir fällt zwar gerade niemand ein, der gut zu ihm passen würde, aber Sophie wäre definitiv eine schlechte Wahl.

Anneke liegt auf dem Rücken, hat Kopfhörer auf den Ohren und zieht an einer Zigarette. Sophie raucht, also raucht Anneke auch. Vielleicht würde ich es genauso machen, wenn meine Freundinnen rauchen würden. Irgendwie sieht das ja schon lässig aus. Aber Carla und Jette sind absolut dagegen. Carla würde ihrer Sportlerlunge damit ja nun wirklich keinen Gefallen tun, und Jette sagt: »An Papierstängeln saugen und giftigen Rauch einatmen? So blöd muss man erst mal sein.«

Auf der Decke neben uns sitzen zwei Typen, die ungefähr in unserem Alter sind. Inzwischen hat Jette es geschafft, einen der beiden Jungen in ein Gespräch über James-Bond-Filme zu verwickeln. Wenn sie so weitermacht, lädt er sie noch ins Kino ein. Oder sie ihn.

Carla klappt ihren Ratgeber für Radsportler zu. »Ich gehe ins Wasser. Kommt ihr mit?«

Ich nicke. Ein bisschen Abkühlung ist jetzt genau das Richtige. Jette hört uns gar nicht.

»Ich bin dabei!«, sagt eine tiefe Stimme direkt hinter uns.

Als ich mich umdrehe, macht mein Herz einen Luftsprung.

Niklas steht grinsend neben unserer Decke und lässt seinen Rucksack ins Gras plumpsen. Geschmeidig streift er Hose und Shirt ab. Zum Vorschein kommt sein durchtrainierter Körper, leicht gebräunt, in blauen Badeshorts. Ich muss aufpassen, dass meine Kinnlade nicht herunterfällt.

Carla ist schon auf dem Weg zum See. Für sie ist der halb nackte Niklas ja auch kein ungewohnter Anblick. Ich frage mich, was ich hier eigentlich mache. Ich, die gerade so das Seepferdchen geschafft hat, gehe mit zwei Profischwimmern baden. Doch jetzt kann ich nicht mehr zurück. Unauffällig überprüfe ich den Sitz meines rosafarbenen Bikinis und rücke den Haarknoten auf meinem Hinterkopf zurecht.

Plötzlich rennen Carla und Niklas los und tauchen mit dem Kopf voran ins Wasser. Ich zucke zusammen, als mich ein paar Spritzer treffen, und wate langsam hinterher. Es ist gar nicht so kalt, aber ich brauche immer etwas Zeit, bis ich mich mit dem Wasser anfreunden kann. Ich schaue zur Plattform. Finn geht ein paar Schritte nach hinten, um Anlauf für einen Sprung zu nehmen. Er schiebt sich die nassen Locken aus dem Gesicht, sieht mich und winkt. Lächelnd winke ich zurück.

Carla und Niklas gleiten auf ihren Rücken liegend dahin.

Als ich endlich bis zum Hals im dunkelgrünen Wasser stehe, löse ich langsam meine Beine vom Boden und mache mich ans Schwimmen. Arme zusammen und nach vorne, dann in einer Kreisbewegung zurück, parallel dazu Beine anziehen und abstoßen. Atmen nicht vergessen. Das Wasser ist so dunkel, dass ich meine Arme nicht sehen kann. Niklas und Carla nehme ich nur am Rande wahr, so sehr muss ich mich konzentrieren. Ihre Bewegungen sehen ganz mühelos aus – sie können sich sogar noch unterhalten, ohne auch nur ansatzweise außer Atem zu geraten. In meinem Kopf ist nur Platz für das Nötigste: Arme nach vorne, abstoßen, atmen. Arme nach vorne, abstoßen, atmen.

Auf einmal dreht sich Niklas um. »Schwimmt ihr mit über den See?«

Ich schüttele den Kopf, aus Angst unterzugehen, wenn ich den Mund aufmache.

»Ich bleibe lieber hier«, antwortet Carla mit Blick auf mich.

Ich weiß, wie gern sie mitschwimmen würde, und stoße ein »Mach nur!« hervor, bevor ich meinen Mund schnell wieder schließe.

»Bist du sicher?«

Ich nicke und versuche zu lächeln.

»Okay«, sagt Carla.

»Wer zuerst drüben ist«, ruft Niklas. Mit kräftigen Kraulschlägen zischt er davon.

Carla jagt ihm hinterher. Wütend und enttäuscht bleibe ich zurück. Ich bin sauer auf Niklas, weil er unbedingt über den See schwimmen will. Ich bin sauer auf Carla, weil ich gehofft habe, dass sie bei mir bleibt, auch wenn ich etwas anderes gesagt habe. Und ich bin wütend auf mich selbst, weil ich nicht schwimmen kann und so die Gelegenheit verpasse, mit Niklas zusammen zu sein.

Die Köpfe der beiden sind inzwischen so klein wie Stecknadeln. Zeit für mich, zurückzuschwimmen. Ich drehe mich um und erschrecke: Das Ufer ist weit weg, die Badestelle viel kleiner als erwartet. Das Lachen der Kinder dringt nur noch leise an meine Ohren. In alle Richtungen breitet sich die glatte Oberfläche des Sees aus. Es gibt nichts, woran ich mich festhalten könnte. Was ist, wenn ich nicht mehr kann? Was mache ich dann? Mein Atem geht schneller. Ich versuche, meine Gedanken auf die Bewegung meiner Arme und Beine zu konzentrieren. Arme nach vorne, abstoßen, atmen. Arme nach vorne, abstoßen, atmen. Doch es fühlt sich an, als würde nicht genug Luft in meine Lungen gelangen. Mein Hals ist wie zugeschnürt.

Ich drehe meinen Kopf zur Seite, um zu überprüfen, ob ich vorwärtskomme. Sieht nicht so aus. Meine Beine sinken langsam nach unten, als wären sie mit Gewichten beschwert. Ich beginne zu strampeln und mit den Armen zu rudern. Es fällt mir immer schwerer, meinen Kopf an der Oberfläche zu halten. Meine Ohren rauschen. Plötzlich streift mein Fuß etwas Weiches, das durch das Wasser wabert. Es legt sich um meinen Knöchel wie eine eiskalte Hand.

Ich schreie und schlucke Wasser. Japsend strampele ich mich nach oben. Es gelingt mir, kurz Luft zu holen, bevor ich wieder nach unten sinke und das Wasser über meinem Kopf zusammenschlägt. Im nächsten Moment schlingt sich etwas um meinen Bauch. Ich versuche, mich aus dem Griff zu befreien, doch es umschließt mich nur noch fester.

Dann bin ich über Wasser. Ich atme ein und fülle meine Lungen mit Sauerstoff.

»Annabelle, ganz ruhig!«, höre ich eine mir vertraute Stimme. »Dir passiert nichts.«

Finn ist hier! Erleichterung durchflutet mich, und ich höre auf, mich zu wehren.

»Ganz ruhig. Ich bin bei dir«, sagt er.

Ich schlinge meine Arme um seinen Hals und klammere mich an ihn. Ich atme tief ein. Beim Ausatmen muss ich schluchzen, ich kann nicht anders. Meine Augen füllen sich mit Tränen. Noch nie in meinem Leben hatte ich solche Angst. Meine Zähne klappern.

Finn drückt mich an sich. Seine Haut ist warm, obwohl er

schon viel länger im Wasser ist als ich. Mit seinen kräftigen Beinbewegungen hält er uns beide an der Wasseroberfläche.

»Wo kkkkommst du denn auf einmal her?«, frage ich unter Schluchzern.

»Ich habe euch beobachtet. Als ich gesehen habe, dass dich die anderen so weit draußen allein lassen, bin ich zu dir geschwommen.«

»Ddddanke«, stottere ich.

»Komm, ich bringe dich ans Ufer.« Ich halte mich an Finns Schultern fest, und er schwimmt uns beide zurück. Sobald das Wasser flach genug ist, setzt er mich ab. Er führt mich zur Decke, seinen Arm immer noch um mich geschlungen.

Jette ist nirgends zu sehen. Finn nimmt mein Handtuch und legt es mir um die Schultern. Meine Zähne klappern. Er legt seine Hände an meine Oberarme. Noch durch das Handtuch spüre ich seine Wärme. »Hör zu, Annabelle, das ist jetzt vielleicht nicht der richtige Zeitpunkt, aber ich muss es sagen, sonst platze ich.«

Fragend schaue ich in seine grünen Augen.

»Ich will nicht dein großer Bruder sein und auch nicht dein bester Freund.«

Vor Schreck vergessen meine Zähne für einen Moment das Klappern. Was soll das heißen? Hat Finn nach dieser Aktion die Nase voll von mir?

»Ich meine, ich will nicht NUR dein bester Freund sein. Ich will jeden Tag mit dir zusammen sein, ich will dich in den Arm nehmen, wenn mir danach ist, und nicht nur dann, wenn du fast ertrinkst.« Er lässt mich los, und das warme Gefühl verschwindet von meinen Oberarmen.

»Du brauchst nicht zu antworten. Ich weiß, dass du in jemand anderen verliebt bist, aber ich musste das endlich loswerden.«

Mein Mund geht auf, aber es kommt nichts raus.

»Ich würde vorschlagen, dass du dich den Rest des Tages vom Wasser fernhältst.« Finn dreht sich um und geht zu seinem Handtuch. Er stopft seine Sachen in den Rucksack, schlüpft in seine Flip-Flops und schwingt sich mit nassen Shorts und tropfenden Haaren aufs Fahrrad. Dann radelt er davon.

Ich plumpse auf die Decke, und meine Zähne nehmen das Klappern wieder auf.

»Was hast du denn mit dem armen Finn gemacht?« Grinsend steht Jette vor mir, ein neongrünes Wassereis in der Hand.

»Ggggar nichts«, sage ich.

Sie schaut mich genauer an. »Anna, du hast ganz blaue Lippen! Was ist denn passiert?«

Ich erzähle Jette von meiner Seenotrettung. Was Finn danach zu mir gesagt hat, lasse ich allerdings weg. Es käme mir wie Verrat vor. Außerdem muss ich mich erst einmal von dem Schock erholen.

»Na, Carla kann sich schon mal frischmachen! Was fällt der eigentlich ein, dich so weit draußen alleine zu lassen?«, poltert Jette. Voller Mitleid hilft sie mir hoch. »Du musst aus den nassen Badesachen raus.«

Während ich mich aus meinem Bikini schäle, hält Jette das Handtuch fest. Schlotternd schlüpfe ich in mein Kleid.

»Danke.« Ich nehme ihr das Handtuch ab und wickele es mir wie einen Turban um den Kopf.

»Du frierst doch immer noch«, stellt Jette fest. Sie zieht die

Decke unter unseren Sachen hervor und legt sie mir um die Schultern.

Dick eingepackt setze ich mich auf den Rasen. Langsam wird mir warm. Meine Gedanken rasen. Finn ist in mich verliebt! Wann ist das denn passiert? Ich erinnere mich an unser Gespräch im Spreewald. Sie sei das schönste Mädchen der Schule ... Oh! Hat er mich gemeint? Ich merke, wie mir die Wärme ins Gesicht steigt.

Woher weiß Finn, dass ich in jemand anderen verliebt bin? Ist das so offensichtlich? Er hat sich vermutlich zusammengereimt, warum ich so weit hinausgeschwommen bin.

Plötzlich stehen Niklas und Carla vor uns. Strahlend schnappt Carla sich ihr Handtuch und trocknet sich ab. Niklas stellt sich mit dem Rücken in die Sonne.

»Und, wer hat gewonnen?«, frage ich.

»Gewonnen?« Carla guckt ratlos.

»Na, bei eurem Wettschwimmen über den See.«

»Ach so. Niklas.«

»Aber nur ganz knapp«, fügt er hinzu.

Böse funkelt Jette die beiden an. »Schön, dass ihr euren Spaß hattet.«

Mit schreckgeweiteten Augen starrt Carla mich an. »Oh nein!« Sie hockt sich neben mich ins Gras. »Was ist denn passiert?«

Nachdem ich es ihr erzählt habe, umarmt sie mich. »Es tut mir so leid, Anna! Ich hätte dich nicht alleine lassen dürfen.«

»Schon gut. Du hast mich ja gefragt, ob das für mich okay ist«, sage ich. Das Zittern hat aufgehört.

Niklas guckt betreten, sagt aber nichts.

29

ALS MIR MAMA nach meiner Rückkehr vom See erzählt, dass Jankowiaks zum Grillen kommen, gerät mein Herz erneut ins Stolpern. Dabei hat es heute doch schon so viel mitgemacht. Ich hatte noch keine ruhige Minute, um meine Gefühle zu sortieren, und schon steht Finn wieder auf der Matte? Aber vielleicht kommt er gar nicht mit, sondern geht mir aus dem Weg, so überstürzt, wie er vorhin verschwunden ist.

Mir ist zum Heulen zumute. Ich renne nach oben, um mich so schnell wie möglich in meinem Zimmer einzuschließen. Oben an der Treppe stoße ich fast mit Manon zusammen, die gerade nach unten gehen will.

Erschrocken guckt sie mich an. »Was ist denn mit dir los?«

Wenn mir eine dabei helfen kann, Ordnung in dieses Chaos zu bringen, dann ist das Manon. Ich ziehe sie in mein Zimmer und schließe die Tür hinter uns. Wir setzen uns nebeneinander auf mein Bett, und ich erzähle ihr von meinem krassen Tag.

Manons Augen werden immer größer.

»Aber sag bloß Mama und Papa nicht, dass ich fast ertrunken wäre. Die lassen mich sonst nicht mehr an den See«, flehe ich sie an.

»Nein, nein, ich halte den Mund. Aber was machst du mit Finn?«

»Ich dachte, ich bin in Niklas verliebt. Aber Finn ist … ach, ich weiß auch nicht! Ich habe das einfach nicht kommen sehen.«

Manon grinst. »Ich schon …« Ich gucke sie ratlos an. »So gut, wie er immer auf dich aufpasst, war mir das sternenklar.«

Ich versetze Manon einen leichten Fausthieb auf den Oberarm. »Du hättest mich ruhig vorwarnen können!«

»Das musste dir Finn schon sagen selbst«, meint Manon lachend und reibt sich den Arm. Plötzlich guckt sie mich ernst an. »Anna, willst du den Jungen, der gar nicht merkt, dass du bist in Gefahr, oder willst du den, der dich rettet?«

Ich denke daran, wie Finn mich aus dem See gefischt hat. In seinen Armen habe ich mich sicher gefühlt. Es war mir überhaupt nicht peinlich, dass er mich so völlig fertig gesehen hat, zitternd und heulend. Dann blitzen Erinnerungen an andere Situationen in meinem Kopf auf: wie Finn mich beim Brennball vor dem Abschuss bewahrt und mir dann zu Hilfe eilt, als mich Niklas' Ball am Rücken trifft. Zum Dank habe ich Finn zur Schnecke gemacht. Ich sehe, wie er mir bei seiner Geburtstagsparty eine Luftmatratze gibt, damit ich mich im Wasser sicherer fühle. Nächstes Bild: wir beide beim Stelzenlaufen im Spreewald. Er hält die Stützen fest, damit ich nicht schon beim Aufsteigen scheitere, und dann fängt er mich auf, als ich das Gleichgewicht verliere. Wir haben so viel gelacht an diesem Tag!

Kein Wunder, dass ich in der siebten Klasse in Finn verknallt war. Ich machte Luftsprünge, als er mich ins Kino einlud. Damals hätte ich viel dafür gegeben, wenn er ebenso empfunden hätte. Was wohl passiert wäre, wenn ich Finn nicht von mir gestoßen hätte, als ich von Mamas Auftrag erfuhr? Wären wir dann zusammengekommen?

Doch mein Gedächtnis kramt auch andere Szenen hervor. Szenen, in denen nicht ich die Hauptrolle spiele, sondern Marlene oder Lea. »Aber Finn flirtet ständig mit anderen Mädels. Ich wäre nie auf die Idee gekommen, dass er sich für mich interessiert.«

Manon zieht die Schultern in die Höhe. »Manche können am besten flirten, wenn die andere Person hat keine besondere Bedeutung.«

Ich überlege. Das könnte stimmen. Meine Flirts liefen auch mit den Jungs am besten, die mir egal waren. Bei Niklas dagegen hatte ich Flirt-Legasthenie. Als ich an unser spontanes Date im Eiscafé denke, fällt mir plötzlich auf, dass wir überhaupt nicht gelacht haben. Wir haben über unsere Ferienpläne gesprochen, aber es war gar nicht lustig.

»Wahrscheinlich hat Finn nicht mit dir geflirtet, weil ihr euch schon so lange kennt«, holt mich Manon zurück in mein Zimmer. »Man kann nicht plötzlich wechseln von Freundschaft zu Flirt. Außerdem hatte er bestimmt Angst, dass du ihn weist zurück.«

Kein Wunder, so wie ich ihn manchmal angefahren habe, schießt es mir durch den Kopf.

»Manon! Kannst du mir bitte mit dem Salat helfen?«, ruft Mama von unten.

Manon steht auf und öffnet die Tür. »Oui, ich bin gleich da.« Sie dreht sich noch mal zu mir um. »Egal, wie du dich entscheidest, Anna. Du musst mit Finn reden. Es war sehr mutig von ihm, über seine Gefühle zu sprechen. Er verdient eine Antwort.«

Dann flitzt sie nach unten, und ich bleibe verwirrt zurück.

30

ICH SCHAFFE ES GERADE NOCH, meine Haare zu bürsten, meinen Pickel auf der Stirn abzudecken und ein bisschen Creme auf meine von der Sonne gerötete Nase zu schmieren, bevor es klingelt. Kann ich nicht einfach hier in meinem Zimmer bleiben, um in Ruhe nachzudenken? Aber das würde Mama nicht durchgehen lassen. Also mache ich mich, den Kopf voll unsortierter Gedanken, auf den Weg zur Terrasse.

Draußen um den Gartentisch versammelt stehen meine Eltern, Klaus, Monika – und Finn.

Ich bleibe wie angewurzelt im Wohnzimmer stehen. Noch hat mich keiner gesehen.

»Ich helfe dir beim Raustragen«, sagt Monika zu meiner Mutter.

Die beiden kommen rein. Monika sieht mich und ruft: »Hallo, Annabelle, meine Süße! Warst du heute auch den ganzen Tag am See?«

Ich nicke und ringe mir ein Lächeln ab. Aus den Augenwinkeln sehe ich, wie sich Finn zu mir umdreht. Jetzt gibt es kein Zurück mehr. Ich trete auf die Terrasse und schüttele Klaus'

Hand. Finn begrüße ich, indem ich ein Winken andeute – soweit alles ganz normal, wir haben uns ja heute schon gesehen.

Finn lächelt. Seine Wangen sind gerötet. Das kann aber wie bei mir an der Sonne liegen. Er sagt nichts, schaut mich nur an mit seinen grünen Augen. Gestern noch hätte er einen lockeren Spruch auf den Lippen gehabt und mich aufgezogen.

Klaus und Papa legen Fleisch auf den Grill, den Papa vorhin schon angeheizt hat.

Finn kommt einen Schritt auf mich zu. Er fragt leise: »Bist du okay?«

»Ja«, murmele ich. Wenn man hochgradige Verwirrtheit als okay bezeichnen möchte.

»Helft mir doch mal«, bittet uns Mama, die einen Stapel Teller und Besteck auf den Tisch stellt.

Finn verteilt die Teller, ich das Besteck. Wir greifen gleichzeitig nach den Servietten, und Finns Finger streifen meinen Handrücken. Er zuckt zurück, als hätte er sich verbrannt. Ich lege die Servietten aus. Die Stelle, an der Finn mich berührt hat, kribbelt.

Lachend kommen Manon und Anton in den Garten. Sie waren beim Bäcker Baguette kaufen, auch wenn, so sagt Manon, deutsches Baguette den Namen gar nicht verdient. Beim Essen herrscht Funkstille zwischen Finn und mir. Ich würde ihm antworten, wenn er mich etwas fragen würde, aber er sagt nichts, und ich weiß auch nicht, worüber ich mit ihm reden soll. Nichts von dem, was heute passiert ist, eignet sich für die Ohren unserer Eltern. So höre ich stattdessen zu, wie Monika, Klaus und meine Eltern Manon Tipps geben, was sie in Berlin und Brandenburg noch unbedingt sehen sollte, bevor sie im

Oktober wieder zurück an ihre Pariser Uni muss. Auf einmal wird mir klar, dass es nicht mal mehr vier Monate bis zu ihrer Abreise sind. Sie wird mir schrecklich fehlen! Auch wenn ich mich mit ihren Vorgängerinnen gut verstanden habe, ist mir doch keine so sehr ans Herz gewachsen wie Manon.

Finn legt sein Besteck auf den leeren Teller. Anton, der nur auf dieses Signal gewartet hat, springt auf, rennt um den Tisch herum und zieht an Finns Arm. »Komm! Wir spielen Drache und Ritter.«

Eine Weile lang beobachte ich, wie Finn, ein Holzschwert schwingend, hinter Anton herjagt. Der brüllt laut und tut so, als würde er Feuer speien. Endlich fasse ich mir ein Herz und stelle mich neben den Rasen. Ich weiß, dass es mir nicht leichter fallen wird, Finn um ein Gespräch unter vier Augen zu bitten, wenn ich noch länger warte.

Das Schwert auf den Boden gerichtet, kommt Finn zu mir.

»Drehen wir eine Runde, wenn du den Drachen erlegt hast?«, frage ich.

Finns Gesicht hellt sich auf. »Der Drache kann warten.« Er steckt das Schwert ins Rosenbeet und winkt Anton heran. »Wir spielen nachher weiter. Das Burgfräulein hier braucht mein Geleit bei einem Spaziergang.«

»Ich komme mit!«, ruft mein Bruder.

»Nein!«, sagen Finn und ich gleichzeitig.

Schmollend zieht Anton ab.

»Gehen wir zum See?«, frage ich.

Am Ende der Straße führt ein Trampelpfad hinunter zum Ufer. Zum Glück ist die Liegewiese weit entfernt. Keine Gefahr also, dass wir bei unserem Spaziergang daran vorbeikommen. Schweigend laufen wir nebeneinanderher. Finn hat die Hände in die Hosentaschen gesteckt und den Blick auf den Boden gerichtet.

In meinem Kopf geht es wild durcheinander: Finn und ich kennen uns schon so lange. Wenn sich plötzlich alles zwischen uns ändert, kann das gut gehen? Falls nicht, ist unsere Freundschaft Geschichte. Und wie soll ich ihm sagen, was ich fühle? Manons Flirttipps helfen mir hier gar nicht weiter.

»Es tut mir leid, dass ich vorhin abgehauen bin«, sagt Finn leise, während er langsam neben mir her läuft. »Dir ging es nicht gut, und ich habe dich einfach stehen lassen.«

»Oh nein, du warst toll!«, sprudelt es aus mir heraus. Ich halte an, greife nach Finns Ellbogen und drehe ihn zu mir. »Wenn du nicht da gewesen wärst …« Ich bringe den Gedanken lieber nicht zu Ende.

Finn guckt mich traurig an. »Aber ich hätte dich nicht auch noch vollsülzen sollen.«

Ich lächele. »Doch, sonst hätte ich es ja nie kapiert.« Plötzlich weiß ich genau, was ich tun will. Ich nehme all meinen Mut zusammen und hebe meinen Kopf. Mit meinen Lippen berühre ich seine, nur ganz kurz, dann ziehe ich meinen Kopf langsam wieder zurück und warte auf seine Reaktion.

Finn guckt erstaunt. Einen Moment später breitet sich ein Lächeln auf seinem Gesicht aus. Er nimmt seine Hände aus den Hosentaschen, legt sie sanft an meine Taille und zieht mich zu sich. Seine Lippen sind warm und weich. Meine Arme schlingen sich ganz von allein um seinen Hals.

Dieser Tag steht definitiv unter einem guten Stern, denke ich noch. Dann höre ich auf zu denken.

31

UM DIE GROSSE NEUIGKEIT zu verkünden, habe ich Carla und Jette ins Eiscafé bestellt. Gestern Abend, nach der Verabschiedung von Finn und seinen Eltern, war ich einfach nicht in der Verfassung, die Mädels zu informieren. Nur Manon habe ich kurz erzählt, dass wir uns geküsst haben, worauf sie mich in den Arm genommen hat. »Ich freue mich so für euch, ma chérie!«

Meine Eltern, Klaus und Monika ahnen natürlich noch nichts. Ich musste ja erst einmal selbst klarkommen! An einem einzigen Tag mache ich eine Nahtoderfahrung, mein Kindergartenfreund sagt mir, dass er in mich verliebt ist, ich entdecke, dass ich seine Gefühle erwidere und die ganze Zeit dem falschen Typen hinterhergelaufen bin, und bekomme meinen ersten Kuss – und meinen zweiten und meinen dritten … Zeit zum Spielen mit Anton hatte Finn gestern jedenfalls nicht mehr. Dass ich unter diesen Umständen keine geruhsame Nacht hatte, ist ja wohl logisch. Ich musste erst einmal durch mein Zimmer hüpfen und laut in mein Kissen schreien, um nicht vor Glück zu platzen. Danach lag ich wach und grinste vor mich hin. Irgendwann piepste mein

Handy. Finn schrieb, er könne nicht schlafen, und wir chatteten die halbe Nacht.

Jetzt sitze ich im »Venezia« und gähne vor mich hin.

Carla und Jette tauchen zur gleichen Zeit auf. Lächelnd gehe ich zu ihnen an den Tresen, die beiden bestellen Eisbecher, ich eine Waffel, und wir setzen uns.

»Anna, was ist denn bloß los? Du strahlst ja, als hättest du eben erfahren, dass unsere Sommerferien drei Monate dauern«, meint Carla.

»Viel besser: Ich bin verliebt!«, antworte ich triumphierend.

Jette zieht eine Augenbraue hoch. »Das wissen wir schon.«

»Nein, nicht in Niklas.«

Ihre zweite Augenbraue schießt nach oben. Carlas Kinnlade klappt nach unten.

»In Finn!«, rufe ich.

Stille. Zwei weit aufgerissene Augenpaare gucken mich an.

Carla löst sich zuerst aus ihrer Schockstarre und fällt mir um den Hals. »Das ist ja fantastisch!«, kreischt sie.

Jette johlt.

Und dann beginnt das Verhör: Wie zum Teufel ist das denn passiert? Warum hast du uns nichts erzählt? Was hat er gesagt? Wie war der erste Kuss?

Zwischendurch bringt Mario unser Eis. Er guckt verwirrt, weil an unserem Tisch solch ein Aufruhr herrscht.

Als mich die beiden fürs Erste genug gelöchert haben, hebt Jette ihren Erdbeerbecher und sagt feierlich: »Auf Anna und Finn!«

Carla schnappt sich ihren Becher, ich erhebe meine Waffel, und wir stoßen lachend an.

»Der Jankowiak, wer hätte das gedacht?« Jette schüttelt grinsend den Kopf.

Plötzlich wird Carla ernst. »Du, Anna, ich muss dir was sagen. Ich hoffe, dass du nicht böse auf mich bist, aber jetzt, wo du und Finn …« Sie weicht meinem Blick aus und fummelt nervös an der Kordel ihres Kapuzenpullis.

Ich habe keine Ahnung, was sie mir gestehen will.

»Na ja, Niklas hat mich gestern gefragt, ob ich mit ihm ins Open-Air-Kino gehe. Ich habe natürlich abgelehnt, weil ich doch dachte, dass du in ihn verliebt bist.«

Niklas bittet Carla um ein Date? Ich spüre kurz so etwas wie Eifersucht, aber das ist sicher reine Gewohnheit, weil ich so lange geglaubt habe, dass wir beide das perfekte Paar wären. »Willst du denn mit ihm ins Kino gehen?«

Carla nickt verlegen.

»Warum hast du nie gesagt, dass du Niklas magst?«

Sie hebt die Schultern. »Du warst einfach schneller, und dann konnte ich nichts mehr sagen. Ich wollte unsere Freundschaft nicht wegen eines Jungen aufs Spiel setzen. Und ich habe wirklich nicht mit ihm geflirtet!«

Ich umarme Carla. »Es tut mir leid, dass ich so egoistisch war und nicht gemerkt habe, dass du auch in Niklas verliebt bist.« Dann nehme ich ihr Telefon vom Tisch und drücke es ihr in die Hand. »Los! Du musst ihm gleich schreiben.«

»Meinst du wirklich?«

Ich nicke bestimmt.

Als Carla tippt, zittert ihre Hand ein wenig. »Das Mädchen am See war übrigens seine Cousine. Er hat mir gestern erzählt, dass sie zu Besuch war.«

Jette, die in den letzten Minuten auffallend still war, sagt plötzlich: »Wenn du jetzt mit Finn zusammen bist und du vielleicht bald mit Niklas, dann wollt ihr eure Sommerferien doch bestimmt mit euren Freunden verbringen. Ich kann das voll verstehen. Es ist kein Problem für mich, wenn wir den Ostseeurlaub abblasen. Wirklich.« Dabei schlägt sie ihre Arme vor der Brust zusammen und zieht die Schultern nach oben, als wolle sie sich gegen eine Abfuhr wappnen.

»Du hast recht, Jette. Carla und ich möchten unsere Sommerferien mit unseren Freunden verbringen«, antworte ich. »Deshalb fahren wir auch auf jeden Fall zusammen mit dir an die Ostsee! Ganz ohne Jungs!«

Erleichtert lässt Jette die Schultern fallen. Dann sagt sie grinsend: »Ach, gegen den einen oder anderen Urlaubsflirt hätte ich überhaupt nichts einzuwenden.«